ショートショートの

# まえがき

独創的な設定、ひねりの利いた展開、見事なオチ……。それらが揃った完成度の高い作品もあれば、際立った要素が一つしかなくても不思議に心に残る作品もあります。ショートショートの魅力は実に様々です。今回は、特に光文社文庫のサイト「Ｙｏｍｅｂａ！」公募企画での入選作品を数多く収録しました。それらは、プロの作品ではないですが、その豊かなバリエーションに驚かれることと思います。

どこから読んでいただいてもけっこうです。思わずニヤリとさせられたり、心がほっこりと温まったり、ドキドキしたり、切ない結末に涙したり——。どうぞひと時の小旅行をお楽しみください。そして、次はあなたも創作にチャレンジしてみませんか？

光文社文庫編集部

「Ｙｏｍｅｂａ！」https://yomeba-web.jp/

# 火猫(ひねこ)

吉澤亮馬

会社の同僚がふう、と煙草(たばこ)の煙を吐くと、まるで猫のような形が浮かんだ。

「はは、お前の煙、猫みたいだったぞ。どうやってやったんだ?」

「俺のライターには火猫が住んでいるからな」

「火猫?」

そう言って同僚はこちらに向けてライターの火を灯(とも)した。すると火の炎心(えんしん)の部分が猫の形になっていた。炎心はかなり小さいのに猫の表情がわかるほど細かい。

「すごく可愛いな」

「火猫で煙草を吸うと煙が猫っぽくなるんだよ」

「これ、動物なのか?」

「さあ。多分、火か猫どっちかの妖精だと思う」

「よく分かってないんだな」

「買った時に聞いたけどぴんと来なくてな」

「こいつ、買えるのかよ」

「なんだ、興味あるなら店の場所教えるぞ。行くときはライターを忘れずにな」

早速店の場所を教えてもらい行ってみた。そこは近くの繁華街の地下二階、飲み屋が連なるビルの真下だった。扉には特徴が無く看板も無く、本当に営業しているのかと疑いつつも店に入る。

すると扉の先には幻想的な光景が広がっていた。電気のついていない店内には無数のアイスキャンドルが置いてありきらきらと輝いて見えた。

「いらっしゃいませ。扉、閉めてもらえますか？」

奥から柔らかな女性の声が聞こえた。言われた通りにして中へ進む。俺が中へ入ると微かな風でアイスキャンドルの中にあるろうそくの火が揺れる。

それらの影はくっきりと猫の形をしていた。

「ここで火猫が買えると聞いたんですが」

「ご存知の方でしたか。その通り、ここには火猫がいます」

ぼんやりと奥の方に店主らしき女性が見えた。

「ただ火猫に選ばれなければお譲りはできません」

「選ばれるとは？」

「火猫は自分にとってより住みやすい環境を探しています。それに適った火種となる場所を持ち込まれたならお譲りしますので」

「ライターでもいいですか」

「ええ、大丈夫ですよ。それではライターを火猫に近づけて反応を見てください」

俺はライターを取り出した。親父から譲ってもらったビンテージものの一本。使い込まれておりだいぶ味が出てきている。

一番近いアイスキャンドルへ近づけてみる。けれど何の反応もない。それから店にいる火猫へライターを近づけてみたものの無反応だった。

もしかして選ばれないのだろうか、と不安になりつつ同じ動作を繰り返した。

「あ、そのまま動かないで」

唐突に店主から言われて動きを止めた。差し向けたライターの先にあるろうそくの火がちろちろと揺れている。何が起こるんだろうと見つめていると、ろうそくの火がライターへ飛び移った。

「ははあ。なるほど、なかなかの子に選ばれましたね」

「なかなかの子、というのは？」

「その子は何度かうちに帰って来てるんですよ。どうやらこのお店が今までで一番居心地がいいみたいで。好き嫌いが激しいんです」

「はあ」

「いいですか、火猫はエサの代わりに冷気もしくは酸素を必要とします。なので最低でも三日に一度は使ってあげてください。飢えるとライターから出ようとするのでとても危険ですから。あと本物の火に近づけると弱っちゃうので気をつけて」

かちりと火を灯してみる。炎心の部分が小さい猫になっている。毛があるかは知らないが毛繕い(けづくろ)いのような動きをしていた。

「火猫で何かを燃やしたら、火猫は増えたりするんですか？」

「しません。火猫の熱で何かが燃えても、それは火猫ではなくただの火ですから。ぜひとも可愛がってあげてくださいね」

店主はそう言った。代金はペットショップで猫を買うのと変わらなかった。

　こうして火猫との生活が始まった。煙草に火をつける度、前よりライターへ意識が向くようになった。ふうっと煙を吐き出せば、五回に一度は猫のような形になる。以前の俺と同じようにそこで火猫に気づく人もいた。

　残業で疲れた時にふと火猫を眺めればのんきに丸くなっている。

　火猫が入った後はライターそのものが命を持ったかのような温もりを帯びた。

　ほんの些細な変化ではあったが、日々の中で少しの癒しや息抜きになってくれたことは間違いなかった。

　ある日、会社の喫煙室で一服していると火猫を教えてくれた同僚が入ってきた。遅刻してきた同僚の表情は沈んでいた。

「おいおい、遅刻したことをまだ気にしてるのかよ」

「そうじゃない。昨日火猫のせいで大変だったんだよ」

「大変？」

「どうやら俺のライターには住みづらかったらしい。そのせいで夜中に暴れ出しやがってさ。ほら」

　そう言って服の袖をまくって見せてくれた。火傷というほどではないが腕全体が赤い。

よく見ると沢山の小さな爪痕である。

「結構重傷だろこれ」

「見た目だけで痛くはないんだけどな。出社前に火猫を返してきたんだよ」

だから遅刻してきたのか。

「まあでも潮時だったのかもな。冬はいいけど夏は暑苦しく感じる時もあったし。電子タバコに浮気していると、拗ねて火の勢いをかなり強くしたりしてきたし」

「合わなかったんだな」

「お前もあんまり無理して飼い続けない方がいいぞ」

そう言って同僚はさもうまそうに煙草を吸うのだった。

ただ俺の方は季節が変わっても火猫との生活に問題はなかった。むしろかなり円滑だと言えた。

そうだ、親父にこいつを見せなければ、と思ったのは年の瀬のことである。年末になって実家へ帰省すると、親父はベランダで煙草をふかしていた。

「ただいま。親父、ちょっと母さんには内緒でこれ見てくれよ」

「なんだ帰ってきて早々に。それは……俺がやったライターだろ」

親父の前で火を灯す。俺が火を指差すと親父がじっと目を凝らした。

「……これは猫か？」

「火猫っていうんだ。これなら母さんにも気兼ねなく猫を愛でられる」

すると親父は女子のように甲高い歓声を上げた。親父は大の猫好きなのだが、母さんが猫アレルギーだったのだ。俺からライターを奪い取ると目を輝かせながら火猫を見つめていた。

「なんて可愛いんだ。この子の名前は？」

「いやつけてない」

「名前すらつけてないなんて、お前は飼い主として失格だ。このライター、やっぱり返してくれ」

「ちょっと待って。俺が飼い始めた火猫なんだよ？　親父には向こうへ戻ったら買ってきて郵送するから」

「馬鹿を言うな。俺はこの子がいいんだ」

そのまま三十分ほど押し問答を繰り広げたが、親父の意志はとてつもなく固く、渋々ライターは親父の手に戻っていった。

あの店主が言っていたことを親父へ伝える。けれど火猫を手にした親父はあからさまに浮かれていた。

「ちょっと、人の話くらい聞けよ」

「名前はどうしよう、そもそもこの子はオスなのかな、メスなのかな」

伝えるには伝えた。次の日になっても親父はベランダで火猫を眺めていた。見た限りでは煙草を吸う時間より火猫と触れあっている時間の方が長いようだった。

俺も猫は好きだが親父ほどの熱量はない。俺よりしっかりと愛でてくれるだろうからあの火猫だって幸せだろう。

年末年始の休みも終わり実家を後にした。年が明けてから仕事が立て込み、なかなか新たな火猫を買いに行く余裕はなかった。仕事の合間に喫煙所へ行くと、同僚がいつもながら煙草を吸っている。

「おお、顔色ヤバいけど大丈夫か？」

「だいぶ忙しくてな。もうあと少しで終わるけど」

「ん？　お前の火猫はどうしたんだ？」

「実家の親父にとられた。どうしても飼いたいんだってさ」

「なんだ、てっきり火猫を返しに行ったかと思ったぞ」

「明日には新しい火猫を見に行く予定だよ」

次の日の明け方だった。

電話の着信音で目を覚ました。非常識だと思いつつ無視していたが、あまりにしつこく鳴り止まないので、画面を見ずに電話を手にした。

「……もしもし」

『夜中にごめんね。ちょっと朝一でこっちへ帰って来られない？　大変なのよ』

「はあ？」

『家が火事になってしまったの』

ふーん、と思ったがその言葉の意味が飲み込めた瞬間、眠気が一気に吹き飛んだ。俺はすぐ身支度をして駅へ向かった。

大慌てで実家へ戻ってみると、早朝だというのに近所の人達が集まっていた。消防車も来ているが火事と言っていた割に実家が燃えた痕跡は見られない。家の中には消防士の人たちと、しょんぼりした顔つきで正座している親父がいた。母さんは明らかに不機嫌な様子である。

「ちょっと、二人とも大丈夫だったの？」

「ごめんね心配かけちゃって」

「どうしたんだよ。ていうか、親父が何をしたの？」

「リビングで寝煙草。まったく、大ごとにならなかったからよかったものの」

「本当にすみません……」

「私、ちょっとご近所さんに謝ってくるから。朝っぱらから大騒ぎさせて、もう」

母さんが玄関へ向かったのを確認してから、俺は小声で親父に尋ねた。

「ねえ、これってもしかして……」

「とりあえず現場を見てくれ」

言われた通りリビングへ向かう。するとリビングのソファーに燃えた跡がある。その範囲はかなり大きく危うくテーブルまで焼けそうになっていた。だがそれよりも気になるのはリビング全体の焼け具合である。

リビング一面に大きな猫の形の焼け跡が出来ていたのだ。その範囲は天井から床までに及んでいる。ソファー以外の家具に焼き目はついていたものの、溶けてもいなければ焦げてもいなかった。血の気がさっと引いた。

「やっぱり、火猫がやったんだ」

「いや、そうじゃないんだ。俺が寝煙草でボヤ騒ぎを起こしたのは間違いない。でも火猫は俺を助けてくれたんだ」

「意味が分からんよ」

「俺が居眠りして気づいたら熱すぎない火に包まれていたんだよ」

「火に？」

「ああ。混乱して見渡していたらな、大きな熱すぎない火に包まれていて……でその火が、ソファーを燃やしていた火を食べたんだ。その時に分かったんだ。俺を包んでいたのが火猫だったんだって」

「火猫が食べたって？」

「そうしたら徐々に二つとも火が弱くなっていって、最後にはぴょんと跳ねてどこかへ消えてしまった。ライターから抜け出して、俺を守ってくれたんだよ、あいつは」

「親父、ライターを貸して」

受け取ったライターの火をつける。確かに火猫はいない。

「あいつ、短い間だけでも俺に懐(なつ)いてくれていたんだなあ。とても短い時間だったけど幸せだったよ」

親父は嬉しそうに悔しそうに顔を歪めて涙をこぼした。

そんな親父を放っておいて、俺はリビング中に目を走らせた。燃えたソファー、リビング全体に残る猫の焼け跡。

そして――猫の足跡を見つけた。本当に微かな焼け具合で目を凝らさないと気づかないだろう。見落とさぬよう足跡を追うとその先にはキッチンのガスコンロがあった。

まさか。

ガスコンロに火をつけると、いた。

その顔は間違いなく俺が飼っていた火猫である。しかし、ライターにいた頃よりくつろいでおり、可愛らしさも増したように見えた。

別に親父を守ろうとしたわけではないのだろう。きっと自分が本当に居心地のいい場所を見つけただけ、火事とライターから出るタイミングが重なっただけなのだ。とりあえず親父に余計なことは言わないでおくことにした。

その日の昼、お湯を沸かしてカップラーメンを作ると、スープ上の油分が猫のように見えたけれど、箸でかき混ぜるとすぐに消えた。

# 継夢（つぎゆめ）

海野久実（うんの）

ある日、私は海で泳いでいる夢を見ていた。

その夢の中で、赤地に白い水玉模様のド派手なクラゲに、左手の薬指を刺された。痛みを感じたけれど、その痛みは夢の中だからなのか、そんなにひどいものではなく奇妙な違和感だった。波に揺れながらみるみる腫れて来る薬指を見ていた。

目覚ましのアラーム音が聞こえて眠りから覚めた。

意識がはっきりすると、掛け布団の下で指がひどく痛むのに気が付いた。手を目の前に持って来ると、夢の中でクラゲに刺された左手の薬指がひどく腫れていた。まるで親指が二本あるみたいに見えた。

数時間で腫れが引き、痛みもなくなったので、病院へ行く事はなかった。

またある日、アパートの階段から落ちる夢を見た。

スマホを操作しながらの小走りだったので、つい足を踏み外したのだ。スネを嫌というほど打ち、苦しんでいる自分がいたけれど、やはり夢の中だからなのか、その痛みは耐えられないものではなく、痛みとはまた違う違和感だった。

目覚ましのアラーム音が聞こえて目が覚めた。

ベッドから降りようとすると、夢とは違って現実的なひどい痛みに顔をしかめた。

歩けないのだ。

今度は迷うことなく病院へ行ったのだが、レントゲンを撮ると剥離骨折しているのが判った。かろうじて入院は免(まぬが)れ、数週間の通院で治ったけれど。

そんな不思議な夢を二度も、あまり日を置かずに見たので何となく気になっていた。

これは、夢で見た事が現実にも実際に起きてしまう『正夢（まさゆめ）』と言うものだろうか。

いや、ちょっと違うと思った。夢の中で起きた事が目を覚ました時には、現実でも、すでに起きてしまっているわけだ。夢を現実に引き継いでしまうのだから『継夢』とでも言えばいいのだろうか。

『正夢』が「まさゆめ」と訓読みだから『継夢』は「けいむ」ではなく「つぎゆめ」とでもするかと、その時はまだのんきに考えていた。

この二つの夢は普段に見る夢とは明らかに違っていた。映像的にも、記憶としても、細部まで実にはっきりとしているのだ。また、自分が夢を見ている事に、目覚める少し前に気が付いているというのも同じだった。


三度目の『継夢』を見たのは、その日から更に数日後だった。

夢の中で私は、会社に遅刻をしそうになって必死で走り、警報機の鳴っている踏切に入ってしまったのだ。

大きな警笛を聞いて初めてすぐそこに電車が迫っているのに気が付いた。ものすごい衝撃を感じ、自分の手や足が空に舞い上がるのが見えた。体のあちこちに、痛みともつかない違和感が走り、自分が電車に轢かれたのだと冷静に受け止めていた。

その時、目覚ましのアラーム音が聞こえた。

目を覚ましかけたけれど、指の腫れや足の骨折の事を思い出し、必死で覚めないように夢にしがみついた。夢から覚めると現実ではどんな事態が待っているのかと怖くなったのだ。

夢の中で私は何とか片足で立ち上がり、自分の身体を見降ろした。右腕は肩から切断されてなくなっているし、左足がスネのあたりから下がなくなっていた。でも切断面はきれいに輪切りにされていて、白い骨も見えていたけれど、血は全く出ていないのだ。さすが、夢の中の出来事だと思った。

踏切が開いて人がたくさん通り始めた。みんな私の方をじろじろ見ている。次の電車が来ないうちにと、私は自分の手と足を探す事にした。

「はいこれ」と、見覚えのある私の手を、手渡してくれたのは可愛い女子高生だった。

「あ、あ、あ、どうも」

私はしどろもどろで、ちゃんとしたお礼が言えないまま、彼女は行ってしまった。

女子高生が拾ってくれたのは手首から先の部分だった。という事は私の腕は肩から切断された上に、更に二つに分かれてしまったのだろうか。

けんけんで移動しながらあちこちを探していると、線路わきの草むらに自分の足を見つけた。右の手首を上着のポケットに突っ込み、左足を小脇に抱えて更に探していると、踏切近くの駅の駅員さんが腕の部分を持って来てくれるのが見えた。

「おーい。これって君のだね」

それを私に手渡しながら、駅員さんは言った。

「まあ、今回は電車も止まらなかったし、血で汚れたりもしなかったから、おとがめなしって事でいいそうだよ」


目覚まし時計のアラーム音がまた聞こえた。

目覚ましは、十分おきのスヌーズになっているのだ。

私は目を覚まさないように頑張った。このまま目を覚ましてしまうと、現実でどんな恐ろしい事が起きるのか、考えるだけでぞっとした。夢の中の出来事は夢の中で何とか決着をつけなければいけない。このまま目覚めてしまっては夢の出来事を現実に持ち込んでしまうだろう。これまで見た夢の結果からそう思ったのだ。

腕と足を小脇に抱え、更にけんけんで歩きながら私は病院を探した。

その夢の中の街は私が住む現実の街によく似てはいたが、何となく微妙に違っていた。次の角を曲がると外科病院があると強く考えながら角を曲がると、そこには現実にはない立派な外科病院があった。

自動扉をけんけんで通り抜け、受付に向かう。ポケットに診察券があると強く思って手を突っ込むと、あった。自動受付機にその診察券を入れて、出て来た紙を持って診察室の窓口で看護師さんに渡す。

「あらら？　それってちょっとひどい事になってるわね」

看護師さんは、腕と足を小脇に抱えて片足で立っている私を見てそう言った。

「先に先生に診てもらいましょうか？」

「ありがとうございます！」

診察室に入る。

「はいはい、どうしま……」

いかにも外科医外科医とした、ガタイの良い先生は、私を見て言葉を詰まらせた。

「ふむふむ、なるほど。聞かなくても解ります。この切断面は電車だなあ。猫頭線の通勤電車、702系かな。運がよかったですね。あの車両に轢かれると切断面がとてもきれいなんだよね」

「あの、先生。大丈夫でしょうか？　元通りになりますか」

「かんたん簡単。そこに横になりなさい」

と、先生は診察室のベッドを指さした。

「えーと、手術室でなくてもいいんですか」

見る見るうちに私の右足と左腕と手首が、糸と針で縫い合わせられて行った。


目覚まし時計のアラームが鳴った。

いやいや目を覚ますのはまだ早い。いま目を覚ますと、現実で、体に縫い目が残ったままになるかもしれない。私は必死で夢にしがみつく。

「先生。どれぐらいで完全に治りますか？　この傷跡は」

「まあ、一日の短期入院でいいでしょう。明日の午前中には抜糸ですね」

その日は夢の中の病院のベッドで眠るともなく眠り、朝を迎え、昼前には抜糸をしてもらい、退院という事になった。


目覚ましのアラーム音が聞こえた。

今度は安心して目を覚ました。

私は、ずっしりとした疲労感を覚えながらベッドから起き上がった。パジャマを脱いで自分の身体を鏡に映してみたが、どこにも傷跡はなかったのでほっとした。いつもより起きるのが三十分ほど遅くなってしまったので、朝食を摂る時間もなく、あわてて支度をしてアパートを出る。

会社へ向かう電車に乗っている間、眠くてしょうがなかった。たぶんこれは夢の中で、起きている時と同じぐらい、精神的なエネルギーを消耗してしまったからだろうと思った。夢を現実世界に持ち込まないように、必死で頑張った結果として睡眠不足になったという事だろうか。

四度目の『継夢』を見たのは、それから更に半月ほど後の事だった。

会社帰りに夕焼け空を見上げると、巨大なＵＦＯが空を埋め尽くしているという夢だ。

そのＵＦＯの大群が、地上のビルを破壊し始め、数日で街は焼け野原と化してしまったのだ。

目覚ましのアラーム音が聞こえた。

いかん、いかん。このまま目覚めるわけには行かない。

私は自分がスーパーヒーローのコスチュームを身に着けているのに気が付いた。

この夢を現実に持ち込まないためには、私がいったいどれぐらいの活躍をすればいいのか見当がつかず、焼け野原のわが街に立ち尽くしている。

# 脱出

深田　亨

気がつくと八十センチ×百二十センチ、天井の高さは二メートルほどの狭い部屋の中だった。

硬い椅子(いす)に腰かけている。窓もドアもない。眠っていたようだ。かすかにゴゴゴゴという音が天井のあたりから聞こえる。

はっきり目が覚める。自分がいるのはトイレの個室の中だとわかる。座っていたのは椅子ではなく便器だ。

そういえば、仕事の契約が取れたので仲間とお祝いをして何軒か梯子(はしご)をした。最後は初めてやって来たスナックのような店。そこでトイレに立ったのだっけ。

腕時計を見る。午前二時。もう帰らなくては。

しかし個室にはドアがない。前後左右、四方とも白い壁だ。天井も同じ。床は、便器が占めている。

壁を叩いてみる。間仕切りではなく、石のような手ごたえだ。おーい。小さな声は壁に吸い込まれるように消えてしまう。

おおおーいっ。大声を出すが反応はない。

トイレではなく、石室にいるような気がしてきた。ピラミッドの奥深く、何万トンもの巨石に囲まれた部屋――いかん、いかん。ここはトイレなのだ。それが証拠に便器がある。よく知られたメーカーの、二文字のローマ字が二つ並んだロゴもある。

そのときになってやっと、ズボンとパンツを足元までおろしていたのに気づいた。

ほら、ちゃんとその体勢になっているではないか。用は済ませたのだろうか。とくに便意はない。洋式便器を覗き込む。水が溜まっているだけだ。だがそれだけでは使用前か使用後かわからない。使用して、水を流した後かもしれない。けれどそれなら先にズボンをはき終わっているはずだ。そうではない人もいるかもしれないが、少なくとも自分はその手順を採用している。そうすると使用前ということか。

酔っているためか考えがまとまらない。

落ち着いて、落ち着いて。そう自分に言い聞かせて自問する。便意はあるか。ない。

大も小もか。そうだ。吐き気はあるか。ない。ただ喉が渇いている。ではなぜこんな格好をしている。

目をつむって考えをまとめようとする。眠気が襲ってくる。さっきもこうして眠ってしまったのだろうか。

眠るんじゃない。眠ると死ぬぞ。まあそんなことはないだろうが、起きていようと自らを鼓舞する。

考えろ。ドアのないトイレ。水の溜まった便器。下半身を露出。ここから導き出される合理的な結論は――。

これしかない。この空間で外に通じていると考えられるのは、便器の排水口だけだ。そこから脱出するためには――水タンクに注意書きが貼ってある。

『備え付けの紙以外は流さないでね♥』

――下半身を露出しているのではなく、排水口に詰まるので服を脱ごうとしている途中ではなかったか。

そう確信した。あらためて狭い空間の中で身に着けているものを全部脱ぐ。つぎに、そろそろと足の先を便器の中に入れる。熱い風呂に入ろうとしているような姿だが、もちろん便器の水は冷たい。

右足を入れ、両手をタンクと壁に突いて身体を支え、左足を差し込む。まるで便器を花器にした前衛生け花みたいだ。また眠りそうになる。両手で自分の頬を張ろうとして手を離したので、バランスが崩れ壁に頭をしたたかにぶつける。それでかえって目が覚めた。

向きあったタンクを見つめる。正確には、タンクの横に付いたレバーハンドルをだ。声に出してカウントダウンする。

さん、にい、いち――GO！　同時にレバーを『大』のほうに倒す。

ゴ。

一瞬音が途切れて、ゴゴゴゴゴ――ゴゴーッ。便器の周りからあふれ出た水といっしょに、自分の身体が排水口に吸い込まれていく。

ゴゴゴゴという音が頭の中で響いている。目を開く。首を上げる。薄暗い部屋？　裸になったはずなのに服を着て、カウンターに両腕を乗せている。

「やっとお目覚めね」

目の前にグラスに入った水が置かれた。小太りの――いや、ふくよかな妙齢の美女。

「ここは？」

「場末のスナックと人は言うわ」

「みんなは？」

「あなた一人で来たのよ」

「いまは？」

「真夜中」

「あの音は？」

ずっと頭の上でゴゴゴゴッという音が聞こえている。

「夜行列車ね。お店が鉄道の高架下にあるのよ」

「あなたは――お店のママですね」

「正解」

「ぼくは――トイレにいたんじゃないのですか？」

「店に入ってカウンターに座るとすぐに寝ちゃったわ。ずいぶん飲んだのね。ここは何軒目かしら？」

「覚えていないです。遅くまですいませんでした。もう帰ります」

「ゆっくりしていいのよ。朝まで飲み明かしましょうよ」

「いえ。おいくらですか」

「なにも飲んでないからいらないわ。お水はサービスよ」

それでもポケットにあった千円札をカウンターに置く。ママは黙っている。

椅子を下りてドアに向かう。ドアの場所がわからない。ママに聞こうとカウンターを見るが、そこにはだれもいない。

店の中を壁に沿って進み、やっとドアを見つけた。

ノブを引いて外に出る——と、そこは狭い部屋の中。トイレだった。後ずさりすると、壁が背中に当たった。振り向くとドアはなかった。

足元がふらついて、便器に腰を落とす。睡魔(すいま)が襲ってくる。

ゴゴゴゴという音が、便器からではなく頭の上から聞こえてくる。

# 真珠の遺言

小狐裕介

夫の収骨(しゅうこつ)を終えた後、火葬場の職員さんに声をかけられた。

渡したいものがあるとのことで、私は別室へと案内された。


「ご主人の体から見つかったものです」

と職員さんは白い小さな箱を私の前に置いた。

箱を開けてみると、中に一粒の真珠が入っていた。

「それは〝遺言真珠〟と呼ばれるものです」

「遺言真珠……？」

「はい。ごく稀に火葬後のご遺体から見つかるものです。その真珠はご主人の体の中で作られたものなのです」

職員さんは続けた。

「貝の真珠は、貝の中に砂などが入り、その周りに貝殻を作る成分がコーティングされることによってできます。それと同じように、一人の人間が思い続けたこと、言いたかった言葉などがその人の中に留まり、コーティングされて真珠になることがあるのです」

それがこの〝遺言真珠〟なのだという。

「こちらはご主人の大切なご遺言なので、どうかお持ちください」

「あの、遺言……ということはこの中には何か言葉が閉じ込められているんですか？」

「ええ。言葉、あるいは思いなどです」

「それを聞くことはできるのでしょうか」

「はい。遺言を聞くには、真珠を呑み込みます」

「呑み込む……？」

「はい。真珠の主成分は炭酸カルシウムと呼ばれるもので、酸に溶ける性質を持ちます。遺言真珠も同じ成分からできているので、呑み込むことで胃酸がそのコーティングを落とし、遺言を聞くことができます。遺言真珠はこちらで消毒済みですので、呑み込んでいただいても害はございません。ただ……」

職員さんが慎重に言葉を選ぶように言った。

「遺言真珠に残された遺言は、良いものとは限りません。遺言真珠は遺言を遺した本人すらあずかり知らないところで生成されるものです。ですから、良い内容のものもあれば……悪い内容のものもあります」

職員さんの話では、故人の遺言を聞くことなくそのまま真珠として身につけたり、飾っておいたりといったケースも多いのだという。

私は職員さんにお礼を言って火葬場を後にした。

それから家族と共に夫の骨を家に持ち帰った。

その晩、家族が寝静まった後、私は「厄介なものを遺してくれたわねぇ」と夫に悪態をついた。

夫はあまりベラベラと話をするタイプではなかった。

だからため込んでいたものもかなり多かっただろう。

私は白い箱に入った真珠を見つめて、どうしようかなと迷った。

職員さんの言葉が蘇る。

「良い内容のものもあれば……悪い内容のものもあります」

夫が遺した言葉はどんなものなのだろう。

知りたいと思った。でも、やはり怖い。

私への恨み辛みばかりだったらどうしよう。

ずっと一緒にいたのに、そんなことにも自信を持てないことが恥ずかしい。でも、いくらずっと一緒にいたって、あの人について分からないことなんていくらでもあった。

あの人だって、きっとそうに違いない。

私は、一人部屋で迷いつつも、それでも「えいや」と真珠を口に入れて呑み込んだ。

こういうことは早い方がいい。きっと、迷ったらいつまでも聞けないだろう。

骨壺の前で、じっと夫の遺言が聞こえるのを待った。

一時間。二時間。聞こえない。

「ええい！　もう、こんな時までのんびりしてるんだから！」

私はそう言いながら布団に潜り込んだ。

その夜、こんな夢を見た。

目の前に夫が立っている。

夫を見てすぐにわんわん泣きだしてしまった私の肩に手を置きながら、夫が言った。

「長生きしてください。あなたはせっかちなところがあるから、あまり急いでこちらに来ないように。家族みんなと、ゆっくり過ごしてください。……あぁそれから、亀吉（かめきち）への餌やりを忘れないように。……あと、それから私の本は全部捨ててしまってもいいですし、読みたいと言ったらコウちゃんにあげてください。そうそう、囲碁（いご）クラブのみんなにもよろしくお伝えくださいね。えぇとね、まだあるんだよなぁ。えぇと……」

＊＊＊

翌朝起きると、もう娘が朝ごはんの支度をしてくれていた。

「ごめんね、やらせちゃって」

私がそう言いながら台所に入ると、娘が「昨夜のお母さん、すごい寝言だった。〝まとめて言いなさいな!〟なんて、まるでお父さんと話してるみたいだったよ」と、そう言って、笑った。

# まどかぐわ

ピーター・モリソン

その店は閑静な住宅地にあった。

レストラン、ブティック、カフェ、洗練された店々の並びに香水店ハヤマを見つけ、足を止めた。僕は少し躊躇(ためら)ったあと、そのドアを静かに押し開いた。

入るなり、ハイセンスなインテリアに気圧(けお)された。天井まであるつくりつけの棚に、大小様々の瓶が陳列されている。中央にはゆったりとしたボックステーブルがあり、その上にも数々のフレグランスボトルが並んでいた。

「いらっしゃいませ」

鈴を転がすような声を響かせ、奥から女性がやって来た。化粧が行き届いている。シヨートボブに、上品なツーピースを身に着けていた。ある種の美人が持つ年齢不詳なところが、彼女にはあった。

「何かお探しですか？」

彼女は僕の様子をうかがった。

この店にふさわしくない客に見えはしないだろうか。数ヶ月前に社会人になったが、風貌は学生のままだ。……ともかく話すだけ話してみようと、僕は肚をくった。

「調香をお願いしたいのですが……」

「どなたかからのご紹介ですか？」

僕は教授の名刺を差し出した。

「ああ、先生のお知り合いですか……。わたくし、葉山と申します」

葉山と名乗った調香師は、奥のカウンターに僕を導いた。

「調香は予約制なんですが、ちょうど本日のお客様の都合が悪くなられたので。今からなら、すぐにご注文をうかがえますが……。こんな香りにしたいとか、だいたいのイメージはありますか？」

「……あります」

僕は大きく息をした。

「このシートに記入してください」

クリップボードのそれには、匂いの表現が系統別にまとめられていた。チェックボックスにサインを入れると、嗜好の傾向がわかるようになっている。

「あの。実は。……香水をつくりに来たわけでは、ないのです」

その言い分に、葉山さんは怪訝そうな表情をして見せた。

「僕の話を聞いてくれませんか？　わかるように話しますから」

「話。……ですか？」

葉山さんは少し身を引いた。

「もちろん匂いをつくって欲しいのです。ただそれが少し変わっているんです」

「変わってる？」

「つくってほしいのは、父の匂いなんです」

僕の父は一ヶ月前に死んだ。

死んだらしい。僕には父の死の実感がなかった。いや、そもそも父がいたかどうか、曖昧なのだ。父の記憶だけが、僕の中から消えてしまったとしか、言いようがない。

「本当に？」

葉山さんの眉間に皺が寄る。

「嘘じゃないです。ただ不確かな霧のような壁が頭の中にあって、それから先へ行くことが出来ないのです」

「ここに来るよりも、病院で相談すべきじゃないですか？」

「病院には行きました。検査は受けたのですが、脳にはこれといった障害は見つかりませんでした。結局、心因性のものと診断されました」

「心因性の、記憶喪失？」

葉山さんは腕を組み、首を傾けた。

「過去の出来事すべてを忘れてしまったわけではないのです。父の記憶だけがなくなっているのです。父を見舞いに行ったという書き込みがSNSに残っています。つまり父が死ぬまで僕は普通に、父を父として認識していたようなのです」

「どうしてお父様だけが、消えてしまったのだと思いますか？」

「わかりません。ただ、カウンセラーに相談したところ、父から受けたトラウマに因るものかもしれないと言われました。……あくまでも可能性のひとつとして」

「辛い思い出と一緒に、その元凶であるお父様の存在を消し去った、と……。ところでご家族は？」

「母は幼いころに病気で他界しました。兄弟はいません」

「そうですか……。お父様の写真は？　それを見ても？」

「駄目なんです。……ただ」

僕は写真を一枚、カウンターの上に置いた。そこには棺に収まった男が写っていた。告別式に撮られたものだ。これが父らしいのだ。

「この写真を見ていると、微かに匂いが立ち上がってくるのです」

「どんな匂いです？」

「おそらく父の匂いだと思いますが、それは本当にすぐに消えてしまいます。きっとこの匂いの先に父の記憶がある、そんな気がするのです」

僕の言い分を咀嚼するように、葉山さんは頭を揺らした。

「プルースト現象……ね」

……知っている。ある匂いによって、過去の記憶がありありと想起される。作家マルセル・プルーストの作品にちなんで名づけられた現象だ。

「お父様が生前、身に着けていたものがあれば……」

「入院中の肌着は処分されてしまいました。実家の洋服箪笥を開けてみましたが、防虫剤の匂いだけで。……いろいろ当たりましたが、父の匂いはもうどこにも残っていないのです」

「……だから、ここに来た？」

「そうです。父の匂いを再現し、それを嗅げば何か思い出せると思って……」

「なるほど」

葉山さんは言葉を切り、玄関に鍵をかけ、閉店のサインを表に向けた。

「ついてきてください。下へ行きましょう」

奥に、地下へ続く細い階段があった。

「香水の調香は上で、それ以外の作業は下でしています」

僕の先に立って、葉山さんは階段を下りていった。急な階段が終わると、左側に飾り気のないスチールの扉があり、それをゆっくりと押し開いた。

「どうぞ」

簡素な部屋だった。正面奥には背の高いスライド収納がいくつも並んでいた。そこにはサンプルらしきボトルが保管されている。壁側には見たこともない専門装置が備えつけられていて、手前には作業台が設えてあった。

「力になれるかどうかはわからないですが」

葉山さんは白衣に袖を通しながら呟いた。

「これに答えてください。さっきとは違う様式のシートです。お父様の匂いを探る手掛かりにします」

そこには様々な匂いの表現が列挙されていた。革張りの長ソファに腰を落ち着け、単語の群れをじっくりと眺める。焦げ。錆。油。コーヒー。考えに考え抜き、それらを僕はチェックした。

「あなたが感じた匂いは、幻臭と呼ばれるもの。実際に匂いを嗅いだわけでもないのに、あたかもそれがあるかのような匂いを感じてしまう。幻覚、幻聴と同レベルのものです」

葉山さんは指先を鼻に当てた。

「わたしはその言葉が嫌いで、自分で勝手に『まどかぐわ』と呼んでいます」

「……まどかぐわ」

「人の鼻の奥に匂いを感じる受容体という部分があります。そこで様々な匂いを受け取って、脳へ伝える。受容体は数百の種類があって、組み合わせによってそれぞれの匂いを識別しています。……それらの振る舞いは鍵穴と鍵の関係によくたとえられます。あなたの記憶の扉を開く鍵、それがお父様の幻臭、まどかぐわなのかもしれません」

「鍵……」

「それを、つくってみます」

葉山さんは手を洗い、ぴったりとした薄い手袋をはめた。クリップボードからシートをはずし、するするとスライド式のキャビネットの隙間に入る。脚立(きゃたつ)に乗り、香料が詰められた瓶を手に取った。

「あの……」

僕は思わず声を上げた。

「どうしました?」

葉山さんは手を止めた。

「やっぱり、自信がないのです」

「これのことですか?」

脚立に乗ったまま、シートをひらひらと掲げる。

「もう一度、あの匂いを嗅いでから、それを書き直したいのです」

「でも、嗅ぐって？　あっ、さっき見せてもらったお父様の写真をつかうのですね」

「そう。一瞬で、本当に微かなものですが」

僕は父の写真を取り出し、凝視した。棺。顔。その輪郭。閉じられた目蓋。見覚えのない光景から、何かが立ち上がってくる。……徐々に口の中が熱くなり、微かな蒸気がすっと噴き出すような感覚に囚われた。もわっと広がる。意識を集中させるが、それは頭の外側へさっと逃げていく。

まどかぐわ。その余韻が消えないうちに、シートに向かったが、どうしても単語と結びつかない。僕は頭を小突き、ペンを置いた。

見かねた葉山さんが声をかけてきた。

「わたしは実際にあなたのお父様の匂いを嗅いでいません。体臭を再現したことは何度かあるので、近い匂いはつくれるとは思いますけど……。ぴったり同じ匂いというのは無理かもしれません。そもそも、このシートは目安でしかないので」

「どうやって伝えたらいいのだろう」

僕は額に手を当てた。

「感覚は他者とは共有出来ないものです。それは孤立してる……本来は」

葉山さんはキャビネットを離れ、僕の隣に腰を下ろした。

「昔どこかの種族は、故人の知識をえるために、脳を食べたといいます。今、わたしがあなたの頭を食べれば、その匂いがわかるかもしれない……」

奇妙な発言に、僕は顔を強張らせた。

「ごめんなさい、冗談です」

葉山さんは背中を少しソファに預けた。

「わたしの話を少ししてもいいですか……」

その横顔に、僕は視線を合わせた。

「匂いというものに、子供の頃から特別な興味があったのです。……誰もいないロッカールームで、トウシューズの匂いを密かに嗅いでいました。記憶が曖昧ですが、それはバレエ教室の忘れ物だったのかもしれません」

人とは少し違っていたんです、と告白したあと、葉山さんはしばらく黙り込んだ。

「ジョンという名前の犬を飼っていました。学校が終わると、散歩したり、じゃれ合ったり。……あるとき、犬は人間の何万倍かの嗅覚をもつということを知って、ジョンがこの世界をどんなふうに感じているのか、とても知りたくなりました。どうしたらそれを知ることが出来るのか……子供ながら、いろいろ考えました。……感覚の共有ですね」

　何かを思い出したかのように、唇だけで笑う。

「どうやってその方法を見つけ出したのか、もう覚えていません。けれど、わたしはジョンの感覚を手に入れてしまったんです。わたしがジョンの中に入り込んだのか、ジョンがわたしの中に入ってきてくれたのか、よくわかりません」

「ジョンの感覚……」

「その方法、やってみますか？」

「やるって、どうやるんです」

「簡単。……膝の上にジョンを寝かせて、口の中に手を入れます」

「口に、手を？」

「匂いを感知する受容体は脳底（のうてい）にあります。だから、少しでも近い部分を触れます。あなたの感覚をえるために」

「それでわかるんですか？」

「ジョン以外に試したことはありませんが……。どうですか？」

「え？」

「ジョンがあなたに置き換わるだけです」

葉山さんは艶やかな膝をそろえた。

「頭をこっちへ」

僕は少し逡巡したあと、葉山さんの膝の上に頭を寝かせた。下から見上げると、すべてが近い。わかっていたけれど、他人の距離感じゃない。

「手はきれいに洗いました」

葉山さんは右手を僕の鼻先にかざした。細くきれいな指だ。爪は短く、丸く整えられている。このことを予期していたかのように、準備は万端だった。

「素手のほうがよく感じられます」

柔らかい息遣いに、僕は包まれた。

「写真を用意してください。あなたが感じた匂いを、わたしも感じます」

僕は手探りでポケットから写真を抜き取り、左手で小さく掲げた。

「口を開けて。……少し気持ち悪いかもしれないけど」

僕が口を開くと、葉山さんは手を入れてきた。人差し指と中指と薬指が一度に動く。優しい手つきだが、さすがに息苦しい。どうしても唾液が漏れてくる。

「しゃぶってもいいですよ」

葉山さんは額を僕の頭に押しつけた。

「写真を見て」

僕は震えるように頷きながら、写真に集中した。棺の中の男。その絵の中へ、意識をのめり込ませた。あなたは誰だ。なぜ僕から消えた？　ぐっと瞳を見開いた。顔の裏側が熱くなってくる。火ぶくれが破けるように、亀裂が生じ、匂いが溢れ出した。

「これね……」

葉山さんが声を漏らしたその瞬間、耳がつまり、手元が緩んだ。手にしていた写真がひらひらと落ちていく。

「……大丈夫ですか？」

心配そうな葉山さんの顔がぼんやり霞んでいった。

僕はそのまま意識を失った。

ここはどこだろう。

身体を起こし、辺りを見回した。

革張りのソファとステレオセット、暖炉の前にはペルシア絨毯が敷かれ、その上には積み木が無造作に転がっていた。

僕は立ち上がって、静かに息を吐いた。

誰かいる。気配を感じるのだ。部屋を巡った。バスも、トイレも、クローゼットも。けれど、人影などどこにも見当たらなかった。

僕はソファに落ち着き、頭を抱えた。

僕の中に、誰かがいるのだ。

そこに匂いだけが残されている。

僕は長ソファで目を覚ました。

夢を見ていたようだ。

「……気がつきましたか？」

葉山さんが僕の顔を覗き込んだ。

「突然、気を失ったのでびっくりしました」

「……すみません。ところで、どうでした？　匂い……」

僕は額に手を当て、身体を起こした。

「ええ。出来ましたよ。……お父様の匂いです」

葉山さんは透明のボトルをかざした。栓を開け、短冊状にカットされた白い紙を浸す。そっと引き出すと、軽くふって、僕に手渡した。

「ゆっくり嗅いでみてください」

そばの作業台に寄りかかり、僕を見守る。

僕は紙を鼻先に近づけ、瞳を閉じた。匂いは濃く、強く、はっきりとしている。その力強さに高揚していく。

「……この、匂いです」

もう一度、頭の奥へ送り込み、巡らせる。

「何か思い出せました？」

確かにこの匂いだ。だが、いくら嗅いでも肝心の父の記憶は立ち上がってこなかった。

苛立ちだけがつのってくる。ついには紙を遠ざけ、僕は首を横に振った。

「すぐには無理なのかも……」

「ありがとうございます。僕にとって父の存在は、消し去らねばならない忌まわしきものだったのでしょう。これで心の整理がつきそう……」

「ちょっと、待ってください」

葉山さんは僕の言葉を遮った。

「あの、会って間もない他人のわたしがこんなこと言うのもなんですけど」

真剣な眼差しを、葉山さんは僕に向けた。

「お父様の死を、あなたは、受け入れられなかったんじゃないでしょうか？」

葉山さんはさらに続けた。

「だから死そのものをなかったことにしたのでは……。死を消し去ることは、過去に遡って、お父様の存在すべてを消し去ることになった。そうしないと辻褄が合わなくなるから。だから、あなたの中からお父様が消えたんです。死の悲しみと引き替えに……」

葉山さんの解釈を聞いて、僕は心が揺れ始めるのを感じた。

「どうしてそんなことが、葉山さんにはわかるんですか？」

「わかりますよ。その匂いを嗅いでいるときのあなたの顔を見れば……。忌み嫌った人の匂いを嗅いで、あんなふうな表情にはならない」

葉山は微笑んだ。

「ところでご実家に暖炉、ありませんか？」

「暖炉？」

「その匂いは焚火か、竈（かまど）か、暖炉の匂いなんですよ」

「暖炉はないです、竈も」

「別荘とか、別宅とか、ありませんか？」

はっとなった。さっき見た夢が重なってくる。確かに別荘があった。古いものだ。子供の頃、何度か行った。確かに、そこに暖炉らしきものがあった。

「あるんですね？」

僕は頷いた。

「そこで嗅いだこの匂いが、お父様の存在の証（あかし）として、無意識に刷り込まれている。幼かったあなたがお父様をお父様として、初めて認識したときの記憶かもしれません」

葉山さんは匂いが詰められたボトルを差し出した。それには素朴な字体で、『安息の焔』と書かれていた。

「香木と微かな煤の香り。あたたかい匂いだなって思いました」

僕はボトルの栓を静かに開けた。あの暖炉に、心の中で焔を入れてみる。圧縮されたものが、解きほぐされていく。……父はいたのだ。それが腑に落ちてきた。

悲しみと、同じだけの勇気と、それらが溢れてくるのを感じていた。

# 会いたい

坂入慎一

「生まれ変わったらミドリガメになるわ」

病院のベッドに横たわったまま妻はそう言って、来世エントリーシートを見せてきた。

「現世ではちょっと生き急いじゃったからね……次はのんびり過ごすの」

やつれた顔で微笑み、疲れたように息を吐き、目を閉じる。

その三日後に妻は亡くなった。四十九日後に転生処理が終わり、生前の第一希望通りミドリガメになったという通知が来た。

それから僕は週末になると川や池に行き、ミドリガメを探すようになった。

水辺を歩き、ミドリガメを見つけては玉網ですくい、捕まえる。陸上で見つけたときは簡単に捕まえられるけど、水中のミドリガメは意外と素早く手こずることが多かった。

そうやって捕まえたミドリガメを前世チェッカーでスキャンすると液晶に「サイトウ

タダオ　2719380194861 25」と出た。前世が人間以外だと液晶には動物名が表示され、人間だと前世の氏名と国民IDが表示されるのだ。

僕はそのミドリガメを籠に入れ、次のミドリガメを探す。見つけたら捕まえて、スキャンする。籠に入れ、また次を探す。朝早くから日が暮れるまで同じ作業を繰り返し、捕まえた何十匹のミドリガメを最後は池に戻してやる。そうして一通り探し終わると次の週末にはまた別の池や川に出かけた。

ミドリガメに転生する人は意外に多いのか、五匹に一匹の前世は人間だった。チェッカーに次々と表示される名前を滑るように眺める。

テナガザル
バンドウイルカ
アジアアロワナ
ヤグチ　ヒロエ　2919200289514 75
イタチ
フェネック

メガマウス
ワオキツネザル
トムソンガゼル
エイ
シンエ　タイチ　171998014862259

「タイチ」

思わずそう呟き、スキャンしたミドリガメをまじまじと見る。スマートフォンでデータベースから国民IDを検索すると、果たしてそれは新江太一のものだった。

タイチは五年前に死んだ僕の親友だ。けれどミドリガメに転生していたなんて知らなかった。

「やっぱり来世も人間がいいな」

成人して最初に来世エントリーシートを提出したときタイチはそう言っていた。あのときの言葉は嘘だったのか、もしくは後になってエントリーシートを訂正したのか。

「…………」

その日のミドリガメ捜索はそこで打ち切り、僕はタイチを家に連れて帰った。

妻とは高校で出会った。その頃はまだ僕の妻ではなくユミという同級生で、同じく同級生だったタイチと僕の三人はウマが合い、気がつけばいつも一緒にいた。

タイチがいつも先頭を歩き、僕とユミはその後ろをついていく。タイチは僕の知らないことを教えてくれて、僕の知らない場所に連れて行ってくれた。ユミは僕の隣でよくフォローをしてくれて、タイチの奔放(ほんぽう)な言動に一緒に困ったり驚いたりしてくれた。タイチとユミ、二人と過ごす時間はとても楽しかった。

「ユミに告白しようと思うんだ」

卒業式の前日、タイチは僕にそう告げた。タイチが珍しく恥ずかしがっていたので、僕は笑いながら「お似合いだと思うよ」と言った。

僕も告白しようと思ってたんだ、とは言えなかった。

そうして二人は高校卒業と同時につきあい始め、同じ大学に進学した。僕は二人とは違う大学だったけれど連絡はマメにとっていた。二人の交際は順調で大学卒業に合わせて結婚するつもりだと聞き、そのとき僕は心からの祝福をした。

けれど大学卒業を待たず、タイチはバイトの帰り道によそ見運転をした車にはねられ死んだ。

ミドリガメ用の水槽に入れたタイチに餌をやり、ぼんやりと眺める。タイチを家に連れて帰った日から、そうやってぼんやりと過ごす時間が増えた。

平日はタイチを眺めて過ごし、週末になったらミドリガメを探しに遠征する。そのサイクルが僕の人生に定着した。

そんなある日、最近タイチが餌をよく残すことに気づいた。体調が悪いのかと思い獣医に相談すると、どうやら老衰のようだった。

ミドリガメの寿命は平均で十五年ほど。気がつけばタイチを連れて帰ってから十年が経っていた。

また、死ぬのか。

前世のタイチが死ぬだなんて夢にも思っていなかった。まだ若かったし、それになんとなくタイチは永遠に生きて、永遠に僕の友達でいてくれると思っていた。だからミドリガメのタイチも永遠に僕と一緒にいてくれるような気がしていた。でも死ぬのだ。前世のタイチがそうだったように、死んで、生まれ変わり、また死ぬのだ。

「私、治らない病気にかかってるの」

タイチの葬式のとき、やつれた顔でユミはそう言った。

「ずっと前から長生きはできないって言われてて、だから告白されたときタイチにもそう言ったの。そうしたらあいつ、なんて言ったと思う？」

おかしそうにかすかに笑い、ユミは何処か遠くに目線を向けた。

「治るよ、って言ったの。きっと治るよって……治るわけないのにね」

両手で顔を覆い、うつむき、いやいやするように首を振った。

「私の方が先に死ぬはずだったのに」

僕は葬式の間ずっと、ユミの側にいた。その震える手を握ってやり、ともすれば倒れそうになる体を支えてやった。葬式が終わった後もこまめに連絡をとり、タイチが死んでから引きこもりがちになったユミを無理矢理外に連れ出したりもした。

そうしてタイチが死んでから二年後に僕とユミは結婚し、その三年後にユミは病で死に、四十九日後にミドリガメに転生した。

タイチとユミ、二人ともミドリガメになった。けれどユミは、タイチがミドリガメになったことを知っていたのだろうか。知っていて、だからミドリガメを選んだのか、それとも偶然二人してミドリガメを選んだだけなのか。

どちらなのだろうか。

どちら、なのだろうか。

タイチが死んだ。

水槽の中で動かなくなったタイチ。もしかしたらまた動き出すかもしれないと待っていたけれど、もう、二度と動かなかった。

僕はタイチを連れて近くの川に行き、水辺に埋めた。

家に帰り、空っぽの水槽を眺めた。そうやって平日を過ごし、週末になるとまたミドリガメを探しに出かけた。もう十年以上も探しているので、最近は飛行機を使うぐらい遠くにまで行き、まとまった休みが取れると海外にまで探しに行くこともあった。

それでも、見つからなかった。

……もう、見つからないのかもしれない。

本当は何年も前から、そんなことを考えていた。見つからないのかもしれない。そう思いながら僕はミドリガメを探していた。


「生まれ変わったらミドリガメになるわ」

病院のベッドに横たわったまま妻はそう言って、来世エントリーシートを見せてきた。

「現世ではちょっと生き急いじゃったからね……次はのんびり過ごすの」

やつれた顔で微笑み、疲れたように息を吐き、目を閉じる。

「だから」

閉じたまぶたを開き、僕のことを見る。優しい眼差しだった。

「私を探さないでね」

その三日後に妻は亡くなり、四十九日後に転生処理が終わった。

僕は、妻を探し始めた。


水辺を歩きミドリガメを見つけると迷わず池の中に入り、玉網を使って捕まえる。十年以上も続けているだけあってすっかり慣れたものだった。その場で玉網から出して前世チェッカーでスキャンしようとしたとき、ミドリガメと目が合った。

「…………」

それは、妻だった。その優しい眼差しは間違いなく僕の妻のそれだった。

僕は前世チェッカーをその場に落とし、ミドリガメを両手で持つ。その場に膝をつくと、深々と頭を下げた。

「ごめん」

僕の手の中でミドリガメがもぞもぞと動いていた。僕は「ごめん」と繰り返す。

気がつくと涙が溢れていた。

タイチの葬式では不思議と涙は出なかった。妻の葬式でも泣くことはなかった。けれど今は、大粒の涙がぼたぼたとこぼれ落ちる。

僕は震える声で、言った。

「でも、会いたかった」

僕と、タイチと、ユミの三人でいたあの頃が一番楽しかった。僕は楽しかったあの頃のことを繰り返し思い出し続けていた。

「会えて良かった」

そうして顔を上げようとしたとき僕は手を滑らせ、持っていたミドリガメが池に落ちる。あっ、と思う間もなくミドリガメは意外なほど素早く泳ぎ、僕の前から永遠に消え去ってしまった。

# 未完図書館

滝沢朱音（あかね）

その書架のすき間が死角になることは、事前に何度も確かめた。それでもつのる不安に耐え、空間に身をひそめ続ける。そこに、階段を降りてくる靴音。

「閉館します」

マニュアルじみた発声のあと、鍵をじゃらじゃらと鳴らしながら、図書館員が巡回してゆき、やがて僕がひそむ書架の横を無事に通過した。

しばらくして天井の照明が一つずつ消え、あたりが闇に包まれると、扉の鍵が閉められる音がした。

これで、地下フロアは朝まで密室だ。誰にも見とがめられることはない。

僕は書架からはい出し、非常灯を頼りに、大きな振り子時計がある柱へと近づいた。

年代物の時計の土台には、ツタがからみあうような複雑な彫刻がほどこされている。

僕は手探りでその模様をたどり、花の模様の奥に隠された穴に鍵をさし、ひねる。

がちゃり、と音がした。

時計の土台に少し力を加えると、先生に聞いていたとおり、柱の一部が振り子時計ごと、扉のように開いた。

そしてその先には、おそらく図書館員も知らない、秘密の通路が続いていて——

「これを、おまえにやろう」

先生がその鍵を見せてくれたのは、桜舞い散る季節の庭先だった。

車椅子を押していた僕は、後ろから彼の手のひらをのぞきこんだ。金色に鈍く光るレトロな鍵は、細かい装飾まで精巧に作られていて、いかにも由緒ありげだ。

「古いものですね。いったいどこの鍵ですか?」

先生の屋敷のことなら、僕は隅々(すみずみ)まで知っている。

文学部の教授でもあった先生に気に入られて以来、作家志望の弟子兼秘書として、僕は先生の身の回りの世話をしてきた。

しかし、この鍵は見た覚えがない。

「……おまえがここに来て、もう十年か。いくつになった？」

先生は問いに答えず、僕にたずねた。

「はい、三十一になりました」

「三十一か……俺が乱世賞を獲った年齢だな」

そう言われて、僕は恥ずかしさで顔を熱くした。小説は書き続けていてもパッとせず、僕はいまだに新人賞で落選を続けていたのだ。

「編集者に頼んでデビューさせることくらい、俺には朝飯前だ。でも、そうはしなかった。老い先短い俺が安易に後ろ盾になったところで、おまえの作家人生までは保証できんからな」

「……お恥ずかしいかぎりです」

「いいか、覚えておけ。おまえにはまちがいなく、作家としての力がある。あとは、何かきっかけとなる、起爆剤のようなアイデアさえあれば……」

そのとき、先生が激しく咳き込んだので、僕はいつものように背中をさすった。痩せて浮き出た背骨の、ごつごつとした手触りに、つい涙がこぼれそうになる。

「できれば自力でデビューしてほしかったんだが……もう、そうも言ってられんようだ

「……」

先生は、震える手でその鍵を僕に差し出し、肩で息をしながらも、ニヤリと笑ってみせた。

「……受け取れ。使い方は、お前次第さ」

通路を抜けた先には、思いがけず広い空間が広がっていた。手探りの闇の中に、古い本の匂いが充満している。

あたりを用心深く確認したあと、僕はようやく、持参した懐中電灯をONにした。

いくつもそびえ立つ書架には、原稿用紙の束がぎっしりと詰まっている。手書きの見出し札には、明治の文豪から、現代のベストセラー作家まで、そうそうたる名前が並ぶ。

学生の頃、大学図書館に入り浸っていた先生は、長らく読まれた形跡のない貴重書の、貼り合わされたページの中から鍵を見つけ、この場所にたどりついたらしい。

書きかけの原稿が並ぶ場所。先生は、ここを〝未完図書館〟と称した。収められているのは、いずれも後世に名を残す名作家の原稿ばかりだという。

世に出なかった未完原稿を、いったい誰が、どうやってここに集めたのか。何もかも謎のまま、若い頃の先生は、ここで密かに原稿を読みふけったのだ。

そして先生は、長い作家人生の中でたった一度だけ、ここの原稿をそのまま使い、作品を書いたことがあると告白した。

それがデビュー作となった乱世賞受賞作であること、そしてその事実が、のちのち先生を苦しめ続けたことも。

「この鍵を使わないというのは、相当忍耐力のいることだよ。でも俺は、自分が本物の作家であることを、生涯かけて証明しようと決めた。そして、ついにやり遂げたのさ」

死の間際にそう言った先生の、はればれとした笑顔を思い出す。

（先生――僕も一度だけ、この鍵の力を借ります。一度だけ……！）

僕は時を惜しみ、原稿を次から次へと読みふけり、デビュー作にできそうなものを探し続けた。

ふと、書架の最下段の隅に、作家名の見出しが空欄のままの一角を発見した。

印字された活字の原稿。比較的、新しい時代のものなのだろう。僕はその中で、左端にあった原稿を手に取った。

推理小説だ。作者はおそらく男性だろう。きわめて自分好みの文体に、僕はたちまち夢中になった。

原稿はちょうど、謎解きの途中まで書かれている。それがヒントになったのか、僕の脳裏にまるでデジャヴのように、その答えと続きがふっと降りてきた。

（……これだ！　これなら、絶対にデビューできる……！）

僕は胸をはずませてその原稿をにぎりしめ、カバンに入れた。

ふと腕時計を確かめると、もう朝になっている。

あわてて通路を出てフロアに戻り、振り子時計の鍵が閉まったことを慎重に確かめると、僕はまた書架のすき間にひそみ、図書館の開館を待った。

未完原稿をもとに仕上げた作品『振り子時計の音色』は、目論見どおり、先生と同じ乱世賞を受賞した。

やがてデビュー作として刊行された作品は、斬新で思いもよらないトリックだと評判を呼び、その年のベストセラーに名を連ね、ドラマ化されるまでになった。

「実は、僕のペンネームの『上沢宗一』は、先生のお名前から二文字いただいたものです。ご存命中にはデビューが叶わなかった不肖の弟子ですが、きっと喜んでくださっていると……」

亡き先生との関係を初めて世間に明かした僕は、先生の後継者とも呼ばれるようになり、期待の新人ミステリー作家という名声とともに、次作への期待度はさらに高まったようだった。

不思議なことに、未完図書館から持ち出したあの原稿は、『振り子時計の音色』が刊行された頃、環境の変化のせいか急激に劣化が進み、あとかたもなく崩れ散ってしまった。

そうして作家生活に入った僕は、先生が言った苦しみをひしひしと実感し始めた。

「この鍵を使わないというのは、相当忍耐力のいることだよ――」

渾身(こんしん)の力で書いた第二作は、それなりの評価を受けたものの、デビュー作の衝撃には劣るとされ、焦りを感じながらも僕は、三作、四作と書き続けた。

しかし得られるのは、面白いけれど、デビュー作の壁を超えられていないという評価ばかりだった。

右肩下がりの売り上げにいらだち、連載の締め切りに追われる中、あの鍵を使いたい、未完図書館の原稿を拝借したいという誘惑が、自分の中に生まれては消え、また生まれてくる。

(あの原稿がなければ、僕は一生デビューできなかったのか。先生の言葉は買いかぶりで、やはり僕には、作家としての力がなかったのだろうか……)

極限状態で自問自答を繰り返すうち、気がおかしくなりそうになった僕は、ある日、振り子時計の鍵を発作的に金庫から取り出すと、あの図書館へと向かった。

久しぶりに入った未完図書館の空間は、一見、以前と変化がないように見えた。

しかし注意深く見ていくと、それぞれの作家の原稿数に、少しずつ増減があるようだ。

ためしに先生の名札のある棚を確かめてみると、ぎっしりと埋まっていたはずの原稿が、まるでいくつか抜き取られたかのように、すき間ができている。

(そういえばこの間、先生の遺作として未完の小説集が刊行される話が出ていたが、その分だろうか……?)

だとしたら、この未完図書館は、誰かが厳重に管理しているのかもしれない。

(もしかして僕以外にも、鍵を持っている人がいるってことか……?)

ひそかにのぞき見られているような気がして、思わず背筋に寒気が走ったが、それよりも、締め切りに間に合わないことへの恐怖がまさった僕は、迷いを振り切るように頭を振り、書架の最下段の隅へと移動した。

デビュー作『振り子時計の音色』の元となり、やがて消えた原稿が置かれていた場所だ。

(拝借するなら、同じ作家の原稿のほうがいいだろう。彼はあのあと、どんな作品を書こうとしていたのだろうか)

原稿の棚をたどり、右端のひと束を手に取ると、懐中電灯の下で読み始めようとした、そのとき。

(え……?)

僕は、目をこすった。

印字された冒頭部分には、前書きとして、著者の言葉らしきものが書かれていた。

——宇宙旅行が現実のものとなり、一般人でさえ、月くらいは気軽に出かけるようになった現代、僕たち作家には、いったい何ができるというのだろう。

紙の本がほぼ絶滅した今となっても、こうやって原稿をプリントアウトする癖がやめられない、古い人間の僕に、いったい何が書けるというのだろう――

思わず僕は、棚の左端を見た。

以前は空欄になっていたはずの見出しには、いつのまにか、『上沢宗一』と記されている。

「収められているのは、いずれも後世に名を残す名作家の原稿ばかりだ――」

かつての先生の言葉をあらためて噛みしめると、僕は原稿の先を読まずに閉じ、元の棚へ戻した。

（未来でも、ああやって自問自答してるってことか。ちっとも変わらないんだな）

誰にも気づかれないよう図書館の外に出た僕は、朝陽とは反対側、西の空に白く残る月を見つめ、苦笑した。

「……盗用なんかじゃない。あれは、僕自身のアイデアを前借りしただけだ」

僕はそうつぶやき、ポケットの中の鍵を握りしめると、月の方角に向かい、大きく振りかぶって投げた。

「本物の作家であることを、僕だって生涯かけて証明してみせますよ、先生……！」

――大学キャンパスの木立の中で、鍵は一瞬だけ金色にきらめいたあと、音もせず消えた。

# LOST

山口波子

「さて、どちらの部屋でしょう？」

ワンルームマンションのエントランスホールに入ってきた男は、愛想のよさと同じだけの胡散臭さを感じさせる笑顔で訊ねかけてきた。挨拶の言葉の直後、天気の話題さえ挟まずに。一刻も早く問題を解決したい私にとっては、実にありがたいことだ。「三階です。三階の、三〇三号室」とこちらも端的に答え、男を伴い、六階に停まっているエレベーターは呼ばずに階段で三階へ昇った。やけに段差が高くていつもならヘトヘトになる階段だが、赤の他人を案内しているほどよい緊張感のおかげか、今日はまるで疲れなかった。飛んで進んでいるような軽やかさで三階に辿り着くと、真っ直ぐ三〇三号室の前へ。そこで立ち止まり、男に向き直る。いまだ不気味な笑みを浮かべたままの男の視線は、その部屋の玄関扉に据えられていた。正確には、鍵穴の位置に。

「この部屋、ですか。あなたが私に、鍵を開けてほしいのは」

男が呟き、どうも含みのある口調だと一瞬気にしながらも、私は頷く。細かいことなどどうでもよかった。確かに私は、この三〇三号室の、私の部屋の、鍵を開けてほしいのだ。でなければ、なにもできない。部屋着用の半袖シャツと膝丈のズボン姿で、ゴミ捨てのためだけに部屋を出て、その途中で部屋の鍵を落としてなくしてしまった私は、今、あめ玉のひとつも持っていなかった。だから私は、男を呼んだ。自分の部屋の鍵を開けてもらうために、この鍵屋の男を。

「分かりました。では、本人確認のため、いくつか質問をさせてください」

「質問、ですか」

本人確認なら、身分証明書を出させるだとか、マンションの管理会社に問い合わせるだとかしてすればいいのに。少しばかり面倒に感じ、しかしそれで鍵を開けてもらえるのならばと、結局は納得の表情を作った。

「ありがとうございます。さっそく、はじめさせていただきます。あなたは、玄関に靴を何足くらい出しっぱなしにしていますか？」

「え？」

なに、その質問？　てっきり名前や住所を聞かれるのだと思っていた私は、予想外かつ奇妙奇天烈な質問に、眉を寄せてしまった。玄関に、靴を何足……

「出していません」私は戸惑いを隠しきれずに、それでいてなぜか湧き上がってきた負けん気に突き動かされて答えた。「私、靴は、外出の度に靴棚から出して、帰宅したら靴棚に仕舞うんです。出しっぱなしにはしないんですよ、一足も」

　きれいに片づいた玄関を思い浮かべて得意になり、おかげで早くも態勢を立て直した私に、なるほどねえと鍵屋は二度頷いてみせた。

「日当たりについては、どう思います？」

　どんな質問も受けて立つと、すっかりそんな気分に切り替わっている私は、間髪入れずに大きく頷く。

「完璧です。朝日はたっぷり差しこんで、だけど西日はほどほどで」

　起き抜けに浴びる朝日のあの心地よさを私は五本の指に入るほど愛している、とまでは言わなかったが頬を緩めた私に、鍵屋は特に構うことなく次の質問に移った。

「水まわりの使い勝手はどうです？」

「それは、ちょっと難あり、ですね。どこもかしこも水の勢いが、ともかく強くて。特に台所では困っていて。ほんとうに注意していないと、床を水浸しにしてしまうから」

何度となく濡れた床で足を滑らせた記憶が蘇り、背筋がぞくりとする。まだ転んだことはないが、危うい経験は何度もしていた。

――慎重に、慎重にって、ずっと言ってきたでしょう。あんたには、間抜けなところがあるんだからって……

ふいに脳裏に言葉が響いた。私の母の言葉だった。しかし、どうしたのだろう、その声は、どんなときでも冷静沈着な母らしくなく、どしゃ降りの雨に劣らず湿っぽくて激しい。さらに不思議なのは、それがつい最近聞かされた言葉であることだった。

もう随分と長く、実家の母とは会っていないし、電話さえもしていないはずなのだが。

「次は、部屋のこととは直接関係のない、けれど大変重要な質問なのですが」鍵屋が前置きをして質問を続けようとしたので、私は思考を中断し、やり取りに戻る。と、鍵屋の表情が変質していた。やはり笑顔ではあるものの、眉間にしわが寄っている。うっすらと、しかし切なげで、不吉なしわだった。そう直感したところで、問われた。

「今日は、何月何日ですか？　それから、あなたの性別は？」

「は？」

声に、表情に、私はたまらず不快感を露わにしていた。今の質問がこの問題を解決するために必要だとは、まるで思えなかった。からかわれているのだろうか。鍵屋の、いかにも真剣ですといった風に結ばれている唇からは、その真意を読み取れない。

深呼吸を、ふたつ。私はゆるゆると左右に首を振り、ため息混じりに答えた。

「今日は、八月十二日。性別は、女です」

「そう、ですよね」

私の苛立ちを感じ取ったからというのではないのだろうが、鍵屋が項垂れるようにして、頷き返してきた。と、その瞬間。

カチャン。

聞き慣れた音がした。鍵屋と私は同時に肩を跳ね上げて、音の出どころへ視線を転じた。

それからしばらく、鍵屋がどういう反応を示していたのか、私には分からない。目の前で展開されるできごとの衝撃があまりにも大きくて、その存在自体、忘れてしまっていた。

カチャン。それは、鍵が開かれた音。玄関扉の鍵が、内側から、楕円形のつまみを右へ回して開かれた音だった。そして音に続いて、当然のように、玄関扉が開かれはじめた。開かれる途中でキッと軋む、そのタイミングを、私は正確に予測できた。

今、鍵が開かれたのは、玄関扉が開かれつつあるのは、三〇三号室。この私が、三年半住み続けている部屋だった。

なにこれ、なにが起こっているの？　驚愕、疑念、恐怖、憤怒、ありとあらゆる感情がいっせいに渦巻いて混乱する私の前に、鍵を開け、玄関扉を開いた人物が、姿を現した。スーツ姿で、豪快なあくびをしながら現れたその人物は、いたって真っ当な会社員に見える男性だった。しかし、実際は異常者、いや、犯罪者なのだ。縁もゆかりもない私の部屋に、忍びこんでいたのだから。

ねえ、そうでしょう？

気づけば、私は鍵屋を見ていた。鍵屋のほうも私を見ていて、私の無言の訴えに、ほほ笑みを返してきた。思いやり深く、悲しげに。そして、言った。

「残念ですが、ご覧になった通りです。この部屋は、今はもう、あなたの部屋ではありません」

ピンポン。どこかの階にエレベーターが到着した音が、この階からとも遠くの階からとも判断がつかない、中途半端な音量で響いた。その残響が消えるのを待って、鍵屋が続けた。重ねてきた問答から導き出した、結論を。

「いいですか。現在、この部屋に住んでいるのは、玄関に何足もの靴を出しっぱなしにしていて、たっぷり差しこんでくる朝日を煩わしく感じていて、入浴のときには勢いよく噴き出すシャワーをマッサージ機さながらに肩に当ててひと息つくのを楽しみにしている、男性。そう、あなたではなく、たった今この部屋から出てきた、彼なのです」

続く五秒間、私の世界が音を失っているその間に、私の部屋から出てきた会社員は、玄関扉を閉じ、鍵をした。革製のキーケースから取り出された鍵の銀色は明るく艶めいていて、私が落としてなくした、三年半使っている鍵とは明らかに違っていた。キーケースを鞄に突っこんで、男はだらだらとエレベーターホールのほうへ歩き去っていく。立ち尽くす鍵屋と私の間を通って、そのくせ、どちらのこともチラとも見なかった。わざと無視したという風ではなく、至極自然に。

「おかしいでしょ」

私は声を震わせて、ほかを選びようもなく、鍵屋に向って捲し立てた。

「絶対、おかしい。馬鹿げてる。あなたが言っていることも、あの会社員の行動も。ここは、三年半前からずっと、私の部屋なのに。ねえ、鍵を開けてよ。そうしたら、運転免許証でも家族写真でもスマートフォンでも、なんでも見せてあげるから。私こそがこの部屋のほんとうの住人だということを、ちゃんと証明してみせるから」

私の必死の訴えに、しかし、鍵屋は頷かなかった。かわりに、遠くなっていく会社員の背中を指さした。

「彼、マフラーを巻いているでしょう」

「え？」

そう指摘されて改めて見れば、確かに、会社員はマフラーを巻いていた。紺一色の、厚手の生地だ。おまけに、手には手袋まではめていた。真冬の装備で身を固めるその姿に、私は鼻で笑ってしまった。

「ほら、あの人、やっぱりおかしいじゃない。あんな真冬の格好をして。今は八月、ゴミを捨てに出るだけでも汗が噴き出す、夏の真っ盛りだっていうのに。まったく、季節感までおかしくなって……」

そこで私は言葉をとめた。正確には、声が出せなくなってしまった。三つ隣の部屋、三〇六号室から女子大学生が出てきて、鍵屋と私の間を通っていったのだ。先ほどの会社員と同じように私たちを一顧だにせず、そして、会社員以上の防寒対策をしてふっくらと着膨れた姿で。

そろそろと、私は私の腕へと視線を向けた。半袖Tシャツから突き出た、生身の腕。それは冷気で粟立ってなどいなかったが、かといって汗でぬめってもいなかった。

「二月二日、本日は、全国的に非常に寒くなるでしょう。お出かけの際は、防寒対策を万全に」

突然、鍵屋の男が天気予報士の口振りで言った。そして、一歩、二歩、私との距離を縮めた。二月二日——寒くなる——防寒対策——私は、はっきりとした不吉な予感に震えた。足が竦んでしまい、後退ることも叶わず、男と至近距離で見つめ合う。男の顔に、笑みはもはやまったくなかった。かわりに、べっとりと、色濃い影が落ちていた。

私、この男を、どうやってここに呼んだのだっけ？

ふと思った。スマートフォンは部屋の中、小銭さえ持っていないから、公衆電話を使うこともできないし、誰かに連絡を頼んだ記憶もなかった。さらに、改めて見てみれば、男は私と同じく手ぶらだった。鍵屋のくせに、鍵を開けるための道具のひとつも持っていないとは、いったいどういうことなのか。いや、道具一式は、たとえば乗ってきた車の中に置いてあるとか、そういう可能性もある。しかし、やはりいくら考えても、私には男を呼び出した記憶はなかった。そもそも呼び出すための手段がないのだから、そんな事実などあるはずがない。だとしたら、どうして、男は私の前に現れたのか。鍵屋というのは鍵をなくした人の存在を察知する特殊能力を備えていて、呼ばれなくてもその人のもとへ駆けつけることができるとでもいうのだろうか。あるいは、もしかして、私はなにか悪質な犯罪に巻きこまれようとしているのだろうか。しかも、そうだ、鍵を開けてもらうことばかりを考えているときに現れたから鍵屋だと思いこんでしまったが、そういえば、男は。

この男は、たったの一度も、自分自身で自分のことを、「鍵屋」だとは言っていない……

「八月十二日、あなたは、ゴミを捨てに行きました。この、三〇三号室から。そう、確かにあの日は、ここはあなたの部屋でした」

男の柔らかな中低音の声が、私の耳朶（じだ）を撫でた。私が寂しい赤ん坊であったなら安堵させられただろうそんな声も、今の私には不気味に響く。

「八月十二日は、ほんとうに暑い日でした。あなたがゴミを捨てに行くために部屋を出たのは朝の八時十七分だったのに、太陽は早くも本領を発揮していて、カンカン照りで、眩しくってたまらなかった。三階から一階へ、マンションの外階段を使って降りていたあなたは、強烈な日光をまともに浴びていた。それで、クラっとなったんですよね、二階と一階の間の踊り場を過ぎたあたりで。なにせものすごく暑い、眩しい、日光でしたから」

その通りだ。思いがけず真実を語った男を、私は目顔で肯定した。男が言った通り、ゴミ捨てのために部屋を出た私は、階段を降りている最中、朝早い時間にもかかわらず暑く眩しすぎる日光に目が眩み、軽くたたらを踏んだ。その拍子に、部屋の鍵を落としたのだ。そうして、鍵をなくしてしまった。探しても、探しても、鍵は見つからず、私はすっかり困ってしまって、やがて、とうとう祈っていた。誰か、誰でもいいから、見つけてほしい、どうか私を帰してほしい――

思い返せば、この男が私のところにやって来たのは、ちょうどそんなときだったのではなかったか。

「心から、残念ですが」

今や正体不明の人物となった男が、私に語りかけてくる。気遣わしげなその口調に、私は警戒心を削がれ、おとなしく耳を傾けていた。

「わたしは、この部屋の鍵を、あなたのために開けることはできません。なぜなら、この部屋の住人は、もう、あなたではないからです。ああ、だって、あのとき、あなたがゴミを捨てに行った八月十二日の朝、このマンションの階段で、ほんとうに落ちたのは、なくなったのは……」

低空飛行する旅客機。ふざけ合う集団登校中の小学生。上げられる近所の薬局のシャッター。朝を賑わすちょっとした騒音が、手を変え品を変え私を取り巻き、まるで静まる様子はない。

一方で、男の声は、急速にフェードアウトしていった。うるさいと、誰かが音量調節のつまみを乱暴に絞ったかのように。おかげで、最後のほうは無音だった。無音だったが、男のすぐ目の前にいる私には、男の唇の動きがはっきりと見えていた。

あなた――

その三文字を読み取ってすぐに、まさかね、と私は頭を左右に振った。どうやら私は、読唇術(どくしんじゅつ)の才能には、まったく恵まれなかったらしい。

ほんとうはなんて言ったんですか。そう問うて男自身に正解を教えてもらおうと、私は口を開いた。それから、しかし、なにも言わずに再び閉じた。自分でも気づかないうちに、私は頬の筋肉を強張らせ、拳を握っていた。私は、顔は正面、男のほうに向けたままにして、そろり、黒目だけを俯ける。

そうして見下ろした私の腕は、夏の真っ盛りにしては、ひどく青白く透き通っている。

# 愛しい種

恵 誕

『心地よく生きる種』

つたない手書きの文字でそう書かれたボードの前には、瓶がずらりと並んでいた。

ゴーヤ、ヒョウタン、ヘチマ、アサガオ、フウセンカズラ……瓶の蓋に貼られたラベルを見て、私はピンときた。これは植物をネットなどに這わせて窓を覆い、日差しを遮る緑のカーテン。猛暑を心地よく過ごす現代の知恵だ。

しかし、その瓶を順番に眺めていき、目がとまる。

フウセンカズラ、ネコ、イヌ、トリ、カメ、ウサギ……。

動物の名前が書かれた瓶には、植物の瓶と同じように黒や茶色の種が入っていた。

なんだろう？

失恋のショックでちっとも頭がまわらない。

〝つまんないんだよね、いっしょにいて〟

彼はまったく悪びれる様子もなく、それどころか、ちょっと笑いながら言った。

ツマンナイ。その言葉がべったりと汚れのようにこびりついて、私を侵食していく。

だからこの公園で、海を眺めながら気持ちをクリアにしたくて来たのに。イベントで、出店まで出てこんなに賑やかなんて。

おそらく私はかなりの時間、その瓶の前に立ちすくんでいた。

「あのぉ、そろそろ……」

どこからともなく聞こえる声に、びくっとして、我にかえった。

うすいブルーのポロシャツに丸メガネ、くしゃくしゃとした天然パーマのような髪をしたお兄さんが、すぐそばにいた。気づけば周囲は暗くなりかけている。

「あ、すみません。これなにかなって……」

誰とも話したくないはずなのに、そんな言葉を発した自分に驚いた。

それだけじゃない。私はまるで、返事を待っているかのようにその場から離れられずにいたのだ。

「ペットの種です」

お兄さんは表情ひとつかえずにそう言うと、瓶の位置を揃えた。

ぽかん、としている私に小さなため息をついて、言葉を続ける。

「ネコになりたいとか、トリはいいなぁ、とか思ったことはありませんか？　ネコになることはできないけど、ネコのように振る舞うことはできる。それを叶えるのがこの種です。要は、自分の中にネコを飼うんです」

「ネコを、飼う？」

「はい。気持ちの中でね」

「まさか……」

まさか、と思いながら、よくあるうさんくさい出店、と疑いながら、私はネコとトリの種を買った。

〝ツマンナイ〟

彼のあの言葉。

もしもネコのように奔放に振る舞い、トリのように自由に飛びまわれたら、あんなセリフを聞くことはなかったのではないか。そんなことを真剣に考えてしまうほど、私は弱っていたのだ。

お兄さんは袋にそれぞれの種を丁寧に包むと、メモのようなものをたたんで入れていた。

家に帰る途中に、私はそれを確認する。もしかすると、連絡先が書いてあるんじゃないかとドキドキした自分が、自意識過剰で泣きたくなる。

そこには種の簡単な取り扱い方法が書かれていた。

＊ペットの種・お守りいただきたいこと＊
①一回一粒。たっぷりの水で飲むこと。
②種の効果は排泄されるまで。新しい種は排泄後に飲むこと。
③飼い主はあくまでも自分、ということを忘れないこと。

得体の知れないモノを口にするのは危ない行為だと思った。けれどいろいろ判断が鈍っていた私は翌朝、なんとなく『トリの種』を飲んだ。

正確にそれがトリの種の影響かはわからないけど会社へ行く途中、風にひるがえるフレアスカートを見て、電車の発車メロディを聞いて、雨上がりの匂いに包まれて、次々と小さな希望が翼を広げた。

それはどれもちょっとしたことだけど、暗闇の中に光が射し、自分の中でうずくまっていた青い鳥が羽ばたいたような気分だった。

こうなってくると『ネコ』も試したくなる。

私は同僚が失恋見舞いに、と企画してくれた合コンの少し前に『ネコの種』を飲んだ。気が乗らないと思いながら、いつもよりアイラインを三ミリ長くひいていた。

自分の中に白いネコが現れる。

私は、私とは思えぬほど甘い声で会話し、しなやかに男性たちの席をすり抜け、好みの男性にさりげなく触れ、微笑（ほほえ）まれるとそっぽを向き、高いワインをそしらぬ顔で頼んだ。

ありえない。

私の中のネコにハラハラしつつも、その奔放さを、とても頼もしく思った。

ネコになるって楽しい。

自分の中にペットを飼うこと、それは「私以上の私になれること」だった。

週末、再びあの公園を訪れるとお兄さんはまだ種を売っていたので、『トリ』と『ネコ』の種を追加で買った。

私の中のペットは、次第に大胆さを増し、飼いならすのがちょっと大変だったけど、うまく付き合っていた。彼らは私の弱いところをサポートしてくれる、いい相棒だ。

いつしか私は「ペットを自分の中に飼っている時間」に依存し、ペットと一体になった自分を愛した。

一回に一粒ということも、次の種は排泄後に飲むことも忘れ、二粒も三粒も続けて飲むこともあった。

次第に自分の中のペットが、野生化していることに気づかずに。

ある朝、元彼からラインが入る。

「ランチしない？」

スタンプがひとつ送られてきた。

「近くまで来てるし」

「最近イメージ変わったって聞いて」

ピコン、ピコン、と続けてメッセージが入る。

いったい今さらどういうつもり？

〝ツマンナイ〟

しばらく忘れていたあの言葉が、ぽっと顔を出す。

私は引き出しを開け、入っていた袋をつかみ、『トリ』と『ネコ』の種を口へ放り込み、テーブルの上のジンジャーエールで流し込んだ。

相棒に、ペットに出てきてもらわなくては。自由で奔放で愛しい自分にならなくては。

炭酸のシュワシュワした刺激が喉を流れていく。

〝ツマンナイ〟と自分が言ったセリフを、彼は覚えているだろうか。

ペットを飼っている私を見て、すこしは悔やむのだろうか。

青いトリが翼を広げる。白いネコがしなやかに飛び上がる。

それは、いつもの感覚のようで、いつもとは明らかに違っていた。

走る、走る、走る、走る、走る、走る……

なにかが私の中で駆けずりまわっている。

トリが私の中を逃げるように飛びまわり、ネコがその後を追っている。

刹那(せつな)的にトリとネコの種を同時にぜんぶ飲んだが、かなりの量だったかもしれない。

すっかり野生化したネコが、トリを食べようとしているのだ。

捕まったら殺されるという気持ちと、必ず捕まえてやるという気持ち。それが自分の中で複雑に行き交う。その苦しさに耐えきれず、窓を開けた。

窓のすぐ下には、迎えに来た彼が、いた。

私がプレゼントしたオレンジのシャツを着て、にっこり微笑んでいる。

そう、この顔。

走る、走る、走る、走る……再びなにかが私の中で駆けずりまわり、そして飛び上がる。

「うあぁぁぁぁぁぁ」

薄れゆく意識の中で、私は彼の胸へ飛び込んでいた。

よく晴れた日曜日。海が遠くに見える公園で、丸メガネの男は瓶をずらりと並べて種を売っていた。

くしゃくしゃとした髪を、南風がやさしく揺らす。

白いネコが一匹、男の足元へとすり寄るとくるりと背を向け、腰をふるわせ、コーヒー豆ほどの種を排泄した。

男は白ネコの背中をそっとなでた。

そして、排泄したオレンジ色の種を拾うと鞄の中から瓶を取り出し、その種を納めた。

『ヒト』というラベルの蓋をきゅっとしめると、男は再び白ネコの背中をなでた。

# 深夜の頼みごと

融木（とおるぎ）　昌

「はい、お待ち」

法被（はっぴ）姿（すがた）の若い店員が音を立てて生ビールをテーブルの上に置いた。白い泡がこぼれそうになる。

「まずは乾杯」

俺はジョッキを掲げる。

ジョッキを合わせた井山（いやま）は、一口飲むと身を乗り出し、

「携帯がどうしたんだって？」と急（せ）かせた。

同期入社の井山とは部署は違うが十年来のつき合いで、月に二、三回は一緒に飲みに行っている。細身の俺と違い、大柄でメタボリックな体型であった。会社の昼休みに、ちょっと奇妙なことが三日前にあったと話したら、それを肴（さかな）に飲もうということにな

ったのだ。

夜中に山本という友人が俺のアパートを訪ねてきたところから話を始めた。

「十一時半頃だった。ベッドに入って寝ようとしたとき、彼がやってきたんだ。チャイムだけでなくドアも激しく叩くものだから、何事かと思って」

「それで？」

「今日中に電話しないといけない大事な用件を思い出したので携帯電話を貸してくれ。自分の携帯は家に忘れて出かけてしまったって言うんだ。早く、早くとせがまれ、テーブルの上に置いてあった携帯を渡すと、暗証番号を確認するなりサンキュウと手を上げ飛び出していった」

「それがなんで奇妙なことなんだ？」

興味を失ったかのように井山が冷奴（ひややつこ）に箸を付ける。

「話を最後まで聞けよ」

山本はすぐには戻ってこず、携帯を返しに来たのは一時間も経ってからだった。

「ずいぶんと長話だな。大事な用件って何なんだ？」

「聞かれたくない話だったんだろう。やっと戻ったと思ったら、改めて礼をさせてもらうとすぐに帰っていったよ」

その後、連絡はないと付け加えると、井山は、

「深夜に迷惑を掛けておいてどういう奴なんだ。そいつは」と怒ったような顔になった。

山本の名誉のために俺は、高校時代からの親友で生徒会の役員もやったぐらい真面目で信頼できる人間だと説明する。

「真面目な奴ほど危ないんだが——どこに掛けたのか気になるな。発信履歴(りれき)は？」

「消去したんだろう。残っていなかった」

「そいつの仕事は？」

「会社員だ。営業畑で同期の出世頭らしい」

「取引に関する電話かもな。いや、夜も遅いし、女か。別れ話かなんかで揉(も)めたんじゃないか」

井山はにやりとする。山本は良家のお嬢様との縁談が進んでいると俺に話してくれたことがあるが、交際は順調らしい。別れ話とは無縁だろう。構わず俺は話を続けた。

「ついでに通話の累積時間も見てみたけど、長電話はしていない。俺はほとんど通話はしないから、増えてればすぐに分かる」

「一時間も借りたのに？」

「だから、ちょっと妙だと思って」

そうだな、と頷いた井山は、

「お前の個人情報とか電話帳とか、携帯に入っている情報を盗まれたりしてないか？」

「そんな奴じゃない。心配ないよ」

俺はすぐさま反論する。暗証番号は念のため変えておいたが、彼に限ってそんなことはないはずだ。

「だとすれば相手がなかなか出なかったということか。混んだ飲み屋とかカラオケとか騒がしいところにいたりすると電話に気が付かないかもしれないな」

「きっとそうだよ。俺の考え過ぎだった。用件は思いのほか簡単に済んだということだろう。これで一件落着だ」

俺は枝豆に手を伸ばし、ジョッキを傾ける。井山は落着とはいかないようだった。

「どんな用件だったか気になるな。深夜にそんなに長く借り続けるのは非常識だし、そいつは状況をお前に説明すべきだ。ドアの外から話し声とかは聞こえてこなかったのか？」

「俺の部屋は二階だろう。彼はすぐに階段を下りていったようだから、外の駐車場辺りで——待てよ。丁度、車が発進していく音がしたな」

「車でどこかへ出掛けて電話をしたというのか？」

彼が車できたのかどうかも知らないし、見たわけでもないと話すが、井山は、タイミングとしては、山本の車だったとみていいと断じ、

「他人に聞かれることを恐れてアパートから離れたとしたら、何の話だったのか、なお更気になるじゃないか」とジョッキを持ち上げ、喉を鳴らした。

さらに井山は彼の自宅は近くにあるのかと訊いてきた。

「夜なら車で四十分ぐらいだ」

「ちょっと遠いな。四十分は待てなかったということだ。切羽詰まっていたんだろう。真面目な奴だというけれど、やっぱり女が絡んでいるかもしれないぞ」

井山はどうしても女との揉め事にしたいようだ。二人のジョッキが空になったので、俺は呼び鈴を押して、冷酒と生ビール、焼き鳥を頼んだ。いつものパターンで井山は最後までビールだが、俺は二杯目から冷酒に替えるのだ。話題も変えようかと思ったが、これまで議論してきた内容を取り敢えず整理してみることにした。

「今日中に電話を掛ける必要があるといって携帯電話を借りに来た。そのとき彼は携帯を持っていなかった」

「そいつの言うことをそのまま信じていいのかもあるけどな」

「一時間ほど借りていたが履歴は残されておらず、どう使ったか明確ではない。車でアパートから離れ、掛けたとしても用件は短時間で済んだ可能性がある」

店員が飲み物を持ってきた。井山の方に冷酒、俺の方に生ビールと間違えて置いた。逆だ、と交換しようとしながら、俺はふと思いついたことを口にした。

「電話をするために車をどうしたと考えてきたけれど、逆に車での移動が前提だと考えたらどうだ」

「どういうことだ？」

井山の顔を見詰めながら好みの吟醸酒を口に運ぶ。引き締まった辛口が喉に沁みる。

「車でどこかに行って、そこで携帯電話が必要だった」

「同じことじゃないのか。そこで電話をした」

「いや、通話以外の可能性もあるということだ」

「写真か！　何か凄いものを見つけたんだ。早くしないとシャッターチャンスを逃してしまう」

女の話はどこかに行ったらしい。写真撮影だと言い始めた井山は七味を振り掛け、砂肝の串を取った。

「自分で言い出しておいてなんだけど、だったら山本は、凄いものを見たから写真撮影のために携帯貸してくれって、俺に言うと思うよ」

「じゃあ、何に使ったっていうんだ。他に変わったことは無かったのか？」

井山の問い掛けに俺は首を捻る。

「取り立ててないけど——翌朝、出掛けようとしたら玄関が赤い土のようなもので少し汚れてたぐらいだ」

「赤土？ 本当か」大きな声を出した井山は何かに思い当ったようだ。「天神山はお前のアパートから車でどのくらいだ？」

「天神山？」

「深夜だと」

「二十分ぐらいかな」

「アパートからの往復に四十分。あと、現地に二十分ほどいたとすればおよそ一時間だ」

「何の話だ？」

天神山に拘（こだわ）る理由を訊（たず）ねると、昨日の新聞は読んでいないのかと、井山はその内容を説明した。

「一昨日、天神山で若い女性の絞殺死体が発見されたんだ。登ったことがあるが、確かあそこも赤土だった。犯行は三日前で、死亡推定時刻は午後九時から十一時頃だったはずだ」

「山本が女を殺したと言うのか！」

そもそも殺人を犯すような奴ではないはずだ。

「そういきり立つなよ。靴に赤土が付着していたとしたら、殺人のあった夜に天神山に行ったことが考えられる。仮に犯人だとして、殺害後、携帯電話を借りて現場に戻ったとすれば、それが何故（なぜ）かだ」

頭の中に地図を広げる。天神山と山本の自宅は俺のアパートを中心にほぼ正反対の方向にあった。井山の仮説はともかく、緊急の場合であれば往復に一時間以上も余計に掛かる自宅まで行かず、俺のところに来ることはあり得る。赤土がいつの時点からあったのか定かではないが、携帯を借りに来たときにすでに残されていたのだとしたら……。

疑念の海に沈み始めた俺を、威勢良く鳴り出した宇宙戦艦ヤマトのテーマミュージックが居酒屋の個室に引き戻した。いつも入れている上着の内ポケットに手をやる。携帯の着信音はそこではなく鞄の中で鳴っていた。手を伸ばして鞄から取り出そうとしたときだった。

「それだ！」と井山が叫んだ。戸惑う俺に井山は、

「そいつは通話しようとしたんじゃない。もちろん写真も撮らなかった」

電話に出ることも忘れて、俺はしゃべり続ける井山の言葉に耳を傾けた。

「天神山で女を殺そうと揉み合ったときか、逃げる際に携帯電話を落としたんだ。車の中で気付いたんだろう。早く見つけなければやばいと」

「で、近くに住む俺のことを思い出した……」

「そうだ。お前の携帯から自分のに掛けて着信音で見つけようとしたんだよ。深夜の山の中で、どこに落としたのか分からないのでは、そうでもしないと一寸(ちょっと)やそっとじゃ出てこないからな」

俺も井山の推理に筋が通っていることは認めざるを得なかった。

「確かめる方法がある」井山が真顔になって言う。「携帯には持ち主がどこに行ったのか記録する機能がある。お前が位置情報をオフにしていなければだが」

もちろん地図情報を利用するために位置情報をオンにしてあることを告げる。

「だったら、三日前の夜に携帯を貸した後、それがどこにあったのかを見てみればいい。天神山に行ってればアウトだし、もし位置情報が残ってなければ、行き先を隠すために切っていたということだ。赤土の件と合わせれば、どっちにしてもアウトだと思うが」

俺はまだ山本を信じたかった。しかし、縁談の邪魔になる女がいたのだろうか。彼が三日前の夜に行った場所はこの中に残されているのだろうか、それとも……。鳴りやんだ携帯電話を握りしめながら、俺はグラスを一気に空ける。苦味だけが残った。

# いってきます

夏川日和（ひより）

男は所在なさげにぷかりぷかりと煙をくゆらせていた。埃（ほこり）っぽい畳の匂いがびっしりと敷き詰められた部屋の隅で、胡坐（あぐら）をかいている。居間の方から漂ってくる香ばしい唐揚げの匂いと賑やかな話し声に、どうしたものかとため息を吐（つ）いた。

理由は一つ。

男は、この家に居場所がないのである。一年前に飛び出して以来、ずっとこの家には帰ってこなかった。今日この家に帰ってきたのはというと、妹が大泣きしたからであった。『たまには帰ってきなさいよ』と、わんわん叫んでいた妹の涙は記憶に新しい。

男は妹の涙に滅法（めっぽう）弱かった。なぜなら、男が「兄」であるからだ。兄という生き物は古来より妹に弱いものだと決まっている。

兄はごろりと寝転がると、あついなァ、と呟いた。

件の妹はというと、居間で父や母と何やら楽しそうに団欒している。時折テレビの音に混じってドッと笑い声が溢れかえる。きっと美味い唐揚げと共に食卓についているのだろう。

目の端で窓の外を窺うと、夕食時であるというのにまだ空は明るい。まるでまだ帰りたくない子供が公園の砂場で踞るみたいに、陽は沈まない。それでも果ての方で夜が星を縫い付けたカーテンを広げ始めている。

夏の陽は長い。

けれど、もうじき暮れる。

兄は、なんだかなァ、と頭をかいて、再びぷかりぷかりと煙を吹き上げた。

途端、何の前触れもなく襖がタンッと開いた。びくりとして振り向くと、そこには居間で食事をしていたであろう妹が仏頂面を引っ提げて仁王立ちをしていた。煙臭い空気に分かりやすく眉根を寄せると、晩飯は済んだのか、というこちらの問いかけには答えず、ずんずん進んで仏壇の前にドカッと腰を下ろした。仏壇にはたくさんの写真が並んでいる。中央にじいちゃんとばあちゃん。その両脇にひいじいちゃんとひいばあちゃんたち。

妹はしばらく無言で手を合わせていたが、やがて瞼(まぶた)を上げて口を開いた。

「お兄ちゃん」

どこか怒りを含んでいそうな呼びかけに兄はドキリとした。こちらを振り向かずに話しかける妹の背に、短く、おう、と応(こた)える。

「私、今度結婚するの」

あぁ、その話か。その話なら知っている。妹の口から直接聞くのは初めてだが。

兄は目を細め、体を持ち上げきちんと座り直した。

「少し前にね、彼があいさつにうちに来たわ。パパもママも気に入ってくれて、良かった。でも、お兄ちゃんはいなかったでしょ。だから、お兄ちゃんが彼のことどう思うか心配で。それだけが気がかりなの」

ねぇ、どう思う？と問いかける妹に、兄は口元が緩(ゆる)んだ。どう思うも何も、お前が選んだ相手だろ、心配してないさ、と応えれば、妹は、

「ま、お兄ちゃんに反対されたところで、私の意志は変わらないけどね」

と、笑う。

それから兄は、妹の話をたくさん聞いてやった。

「お隣のシロ、子供が生まれたんだって」

へぇ、そりゃめでたいな。

「たくさん生まれたみたいだから、一匹うちにくれるって。お世話できないなんて、お兄ちゃん可哀そう」

そんなこと言うなよ。たまには帰ってくるようにするからさ。世話させてくれよ。

「帰ってきたら吠えられちゃうかもね」

ひどいなァ。あ、名前は？　もう決めてあるのか？

「名前、お兄ちゃんの名前つけようかな。お兄ちゃん、全然帰ってこないし」

やめろよ、間違えるだろ。

「あ、そうだ、そうそう。お兄ちゃん、あのバイク捨てちゃったよ」

バイク……あぁ、あのバイクな。もう使わないから別に構わないけど。

「お母さんが、もう誰も乗れないからいらないでしょ、って。早く捨てたがっててさ。……私は捨ててほしくなかったんだけどね」

まぁ、あれ、高かったしなァ。見た目もカッコいいし。でもお前、乗れねぇだろ。

「捨てちゃうことないんじゃないかなって思ったの。でもたしかにかさばるから、邪魔といえば邪魔」

オイ。

「それで、捨てる前にね、お兄ちゃんの友達がきたよ。背が高くて日焼けした人と、メガネで金髪の人。二人とも見た目は怖いけど、優しい人だね」

なに、あいつらが？　ヒマしてんのかな。見た目によらず、いい奴らだろ。

「お兄ちゃんの話いっぱいしてくれたよ。お兄ちゃんって、家の外でもバカなんだねぇ」

は？　あいつら俺がいないからって、何話していったんだ。変な話聞いてないだろうな。

「ふふっ、変な話しかなかった！」

オイ！

妹の話は尽きることなく続いた。テンポの良い掛け合いに兄は思わず笑顔がこぼれる。なんだよ、楽しそうにやってるんじゃないか、とそっと目を伏せた。

兄は妹の涙にも弱いが、笑顔にも弱いのだ。

どれほど話しただろうか。気が付くと夜が空いっぱいにカーテンを広げんとしている。蟬の声が止んだ。隙間風が線香の煙をさらう。

「お兄ちゃん」

ハッとした。呼びかける妹の声が先ほどより幾分か沈んでいることに、兄は気が付いた。見れば、妹の肩が微かに震えているように感じる。泣いているのだろうか。泣き顔をみたくなくて折角帰ってきたというのに、またしても泣かせてしまったのだろうか。どうすればよいか分からず、ふわりと腰をあげると妹の頭に手を乗せた。それからぐしゃぐしゃと慣れない手つきで頭を撫でてやる。

何度も言うが、兄は妹に弱いのだ。

なんだよ、本当は寂しかったんじゃないか、ごめんな、帰ってこられなくて。

そう言ってやると妹は首が取れそうな勢いで兄を仰ぎ振り向いた。

今日、初めて目があったなァ、とぼんやりとそう思って、兄はさらに頭を撫でてやった。そんな兄を他所に、妹はグッと口を結んで、大きな瞳で兄を捉えようとしていた。

妹は泣いてはいなかった。

兄はそのことにひとまず安堵すると、指でそっと髪を梳いてやる。優しい兄でありたかったのだ。妹はふいと視線を逸らすと、

「そんなこと、あるわけないでしょ」

と呟いて、兄の手から逃れるようにブンブンと頭を振って勢い良く立ち上がった。呆気にとられる兄を尻目に、この部屋にきた時と同様に、唐突に部屋を突っ切っていく。去り際にもう一度だけ振り返った妹は、憂いのない澄んだ瞳をしていた。

「別に、いつだって帰ってきていいんだからね」

そう笑顔で言い残すと、大股で出ていった。襖がタンッと閉まった。

外はいよいよ夜の色だ。

蝉の声はもう聞こえない。

兄は妹がそうしたように仏壇の前に腰を下ろした。仏壇にはたくさんの写真が並んでいる。中央にじいちゃんとばあちゃん。そして、その二人に挟まれるようにして、誰よりも勝手知ったる「男」の顔がもうひとつ。

笑うの下手だなァ。

と、男は独り言ちて、写真の前に供えられている茄子を手に取った。茄子は奇妙な形

をしていて歪だが、遠目で見ればバイクの形に見えなくはない。あの不器用な妹がこれを作っているところを思い浮かべて、男はさらに笑みを深くした。男はぷかりと煙をくゆらせた。

帰りはゆっくりっていうのになァ。

アイツも結構バカだよなァ。

隙間風が再度、煙をさらう。

盆が暮れる。

# インスピレーション

井上　史

次の小説のための取材旅行先と称して訪れたヴェネツィアの街角の露店で、僕はちょっと変わった置きものを見かけた。

ボトルシップのようにミニチュアが瓶の中に閉じ込められている。そのミニチュアというのが風変りだった。ミニチュアは妙齢の女性で、美しいエメラルド色のアラビア風の衣装を身につけている。顔立ちも肌の色もエキゾチックで、アラビアの高貴な女性という雰囲気だ。しかも、彼女はまるで生きているかのように精巧だった。

すごい！　僕はすぐさまその置きものの虜になった。けれど、小さいとはいえ、生きているかのような女性の瓶詰めを買うなんて、ちょっと悪趣味かもしれない。日本に持ち帰ったとして、妻に気味悪がられはしないだろうか。そう思って店先でためらうと、店番をしていた魔女みたいな女が顔を上げた。

「迷っているのかい？　これは滅多にない掘り出し物だよ。あたしがあんたなら、即座に買うけどね」

「どこがどう、掘り出し物なんですか？」

「この瓶の中に閉じ込められた女、まるで生きているみたいだろう？　実際に生きているのさ。彼女の名前はナイラ。昔、砂漠に住むジンに騙されてこの瓶に閉じ込められてしまったんだ。以来、千年近く年を取ることなくこうしている」

僕は店番の女の話は眉唾だと感じた。そんなことが現実にあるはずがない。実際、生きているにしては瓶の中の女性・ナイラは動かず静かに佇んでいる。精巧だけれど、やっぱり本物の人間ではなさそうだ。

とはいえ、趣のある置物だ。次の小説のインスピレーションを得られそうな気がする。僕はナイラの瓶の前に置かれた値札を確認した。六五〇ユーロ――およそ八万円。興味本位の買い物としては、ちょっと高価かもしれない。けれど、この瓶を傍に置いていたら、二編か三編くらい小説のネタを思いつきそうだ。小説のインスピレーションに使えるなら、そう高い買い物とは言えないのではないだろうか。

滅多に来られないヨーロッパ旅行で、僕は日本にいるときより気持ちが大きくなっている。結局、六五〇ユーロを払ってその瓶を買った。

店番の女が瓶を箱に入れて包装してくれた。僕は瓶が気になって、その日は早めにチェックインを済ませた。ホテルの部屋で包装を解き、瓶を取りだしてみる。電灯に透かしてみたり、傾けてみたりする。ナイラのエメラルド色の衣装がゆらりと優雅に揺れた。

顔を近づけてみると、ナイラは目を閉じて眠っているかのようだった。優しく振ってみたけれど、もちろん彼女が目を開けてしゃべりだすなんていう奇跡は起こらない。それでも、僕は瓶を興味深く見つめた。悪いジンによって瓶の中に閉じ込められた姫——ファンタジーのいい題材になりそうではないか。僕は瓶を傍らに置いて、タブレットを起動した。思いつくままに断片的なアイデアを書きとめておく。

気がつくと夜になっていて、僕はいったん夕飯を食べるためにホテルを出た。近くのレストランで名物のイカ墨パスタを食べ、デザートにヴィン・サントという甘いワインとビスケットを楽しむ。一時間半くらいかけて食事を済ませてから、僕はホテルの部屋に戻った。

カーテンを開けはなしたまま出掛けたため、窓から差し込んだ月明かりが小さなテーブルの上に落ちている。出しっぱなしにしていたナイラの入った瓶は月光に照らされて、ひどく幻想的に見えた。僕は近づいて、瓶を手に取る。

　気のせいだろうか。ナイラも少し動いた気がする。びっくりして僕が瓶を凝視していると、ナイラはゆっくりした動作で顔を上げた。瞼（まぶた）を上げて、瓶の中から小さな黒い瞳で僕を見つめる。

「うわっ……！」

　僕はびっくりして、瓶を取り落としそうになった。慌ててそれを持ちなおして、テーブルの傍の椅子に腰かける。まじまじと瓶を観察すると、瓶の中のナイラが口を開いた。落ち着いた知的な女性の声が頭の中に聞こえてくる。けれど、何を言っているのかは分からない。彼女が話しているのは、日本語とも英語とも違う言語だった。彼女はアラビア風の衣装を着ている。中東の言語を話しているのかもしれなかった。

「これは夢なのか……？」

　僕は呟いた。と、何やら理解不能の言語を話していたナイラが、急に「いいえ」と応じる。僕はびっくりして、ナイラの入った瓶を取り落としそうになった。

「きゃー！」ナイラは悲鳴を上げた。「瓶が壊れてしまう！」

　ナイラが叫んだのは、確かに日本語だった。

「すみません！」僕はとっさに謝った。慎重に瓶を持ち直して、その中にいるナイラを見つめる。思わずぶつぶつと呟いた。「――どういうことだ……？　さっきまで彼女は日本語を話していなかったのに、どうして急に……？」

「ジンの魔法のおかげです。この瓶に掛けられた魔法がわたくしとあなたに作用して、相手の話した言葉が自分の母語で聞こえるようになっているのです」

「はぁ……」

感心して僕はナイラを見つめた。相手の言葉が分かるのも不思議だが、それ以上に瓶の中でごく普通に生きているように見えるナイラこそが大きな謎だ。

「あなたは何者ですか？　なぜ瓶の中に入っているんです？」僕は尋ねた。

「わたくしはナイラ。人間です」彼女は淀みなく答える。

「人間は瓶の中に入るほど小さくはないはずですが……」

「事情があるのです。主人が望むので、わたくしは奇妙な物語をたくさん集めなければなりません。……夜毎、話しても物語が尽きぬくらいに。ですから、砂漠に住むジンに頼んで、時を超える魔法で魂の欠片を瓶に閉じこめてもらったのです」

「あなたは魂の欠片で、本人じゃないんですか？」

そう尋ねると、ナイラはおかしそうに笑った。

「当たり前です。わたくしはただの人間ですもの。そのままでは瓶に入ることができません。それに、この瓶の中にわたくしが存在していられる時間は限られています」

「あなたは千年くらいこの状態だと聞きましたが」

僕の言葉にナイラは静かに微笑(ほほえ)んでみせた。

ナイラの言うことは、真実を確かめようがなかった。ただ分かるのは、彼女が瓶の中に存在していて、こうして僕に話しかけてくるということだけ。どの道、瓶の中に人形ではなく生きて話す人間が入っているということ自体、ありえない出来事なのだ。

僕は考えることを放棄した。ナイラが瓶の中で話している原理はよく分からない。ただ、彼女は僕にたくさんのインスピレーションを与えてくれそうな気がする。僕はナイラと良好な関係を保っておきたくて、彼女に求められるままに小説のことや現代のことを話してきかせた。

翌日も僕はヴェネツィアを観光して回った。鞄にはナイラの瓶を入れておき、人目がないところで取り出して風景を見せる。僕の話を聞いたり、外の風景を目にしたりするたびに、ナイラは笑みを浮かべて目を輝かせるのだった。

数日後、僕はヴェネツィアを出てフィレンツェへ向かった。そこで数日滞在してから、さらにローマへと南下する。この十日ほどの間に、僕は自分がこれまで発表した小説や、これから形にしようと思っているアイデアなど、さまざまな話をナイラにした。ナイラは聞き上手だったので、ついつい打ち明けてしまうのだ。

同時に、ナイラも彼女の知る民話や神話について話してくれた。ナイラは九世紀頃に生きた女性らしく、彼女が話す故郷の話や民話、慣習はどれもかなり古いもののようだった。中には『船乗りシンドバッド』や『アリババと四十人の盗賊』に少し似た話もあった。

彼女の話してくれた物語を基に小説を書くのは難しそうだ。それこそ『船乗りシンドバッド』と同じになってしまう。けれど、ナイラ自身からならインスピレーションを得られそうだった。

「日本に帰ったら、僕はあなたのことを小説に書こうと思います。とてもいいインスピレーションを得られたんですよ」

帰国の前夜、僕がそう言うとナイラは「よかった」と微笑んだ。

僕は意気揚々と眠りに就いた。

ところが、翌朝、ナイラの瓶を荷物に詰めようとしたところで、僕は異変に気づいた。瓶の中に彼女がいないのだ。振ってみても、透かしてみても、ナイラは現れない。もしかして、ナイラが瓶の蓋を開けて脱走したのだろうか。ところが、蓋を開けようとすると、それは接着剤か何かで瓶に固くくっついていることが明らかになった。

ナイラは忽然と消えてしまった。

僕はホテルの部屋や廊下を探し回ったけれど、見つからない。どうしても諦めきれず、僕は帰国の飛行機をキャンセルしてナイラの瓶を買った露店のあった場所まで戻ってみた。けれど、露店は見つからない。

これ以上、帰国を遅らせることはできない。ナイラの瓶は失くしたが、十分なインスピレーションを得られたのだから、よしとしよう。そう自分に言い聞かせて、僕は帰りの飛行機に乗った。

帰国すると、担当編集者からメールが来ていた。ちょうど僕も新しく書こうとしている作品——ナイラから着想を得たものだ——の話をしたいと思っていたところだ。早速、彼と会う約束をする。

三日後、僕は担当編集者に会うために出版社を訪問した。

「ヨーロッパ旅行で、素晴らしいインスピレーションを得たんです。新作の舞台はアラビアにするつもりで――」

「先生、そんなことより、大変ですよ。この本を見てください」

担当編集者が取り出したのは、『千一夜物語』だった。妻を娶っては一夜で殺してしまう王と結婚した大臣の娘シェヘラザードが、毎晩、物語を聞かせる。その物語の続きが聞きたくて、王は彼女を生かし続けた。そのとき、シェヘラザードが語った物語を集めたものが『千一夜物語』と言われている。

この『千一夜物語』のアラビア語の写本では、二百八十二夜で物語が終わっており、結末もない。しかし、千一夜分の物語があると信じた人々によって物語が追加され、新しい版が次々に出版されてきた。

担当者が差し出したのは、最近、発見されたアラビア語の写本を訳したという『千一夜物語』だった。本のあちこちに付箋が付けられている。

僕は本を受け取って、最初の付箋のページを開いてみた。数行読んで、あっと声を上げる。そこに記されていたのは、僕のデビュー作であるショートショートとまったく同じストーリーだった。登場人物の名前はアラビア語の名前になっているが、間違いない。

発表した当時、奇想天外と評判になったのと同じアイデアがその『千一夜物語』に書かれているのだった。

それだけではない。他にも、僕が書いた小説とまったく同じストーリーが、あちこちで出てくる。さらに、僕がナイラに話して聞かせた新作の構想まであった。

「これは……。僕は知らない！　僕は自分でアイデアを考えついたんだ！」

「そうでしょう。この写本は最近、中東の遺跡で発見されたものだそうですから。しかし、この本が出版されてから、先生の小説とあまりによく似ているので、一部のファンの間で話題になっているようです」

「違う！　盗作じゃない！」

僕はナイラからインスピレーションを受けたつもりだった。けれど、インスパイアされたのは、僕だけではなく――ジンの魔法で魂を現代に飛ばした、アラビアの語り手も同じだったらしい。

# ウテンポヌスの地図

樽見　稀

西岡宗平は小さい男で、身長がというより心臓の話であり、心臓というより、心、ハートが小さいので、描いたものが現実になる地図を前に散々悩み抜いた挙げ句、アパートから出た道のところに郵便ポストを描き入れた。無論背も高い方ではない。心臓の大きさは並である多分。悩んでいたのは、家の隣に東京タワーを建てようかとか、自宅から勤め先の工場までJRを繋げようかとかいうことではなく、そもそも地図にポストを書き入れてもよいかということであり、そんなに地図も見たことないくせに過去の記憶を呼び起こして、バス停は確か描いてあったし、車両用の信号も描いてあった、しかし歩行者用の信号はなかったよなあ、果たしてポストは地図上の情報としておかしくないかと誰に対する気遣いなのかも不明な気の揉み方をしていたのである。結論から言うと地図にポストの位置は記されていない。しかし西岡の朧な記憶の中では、背筋を伸ばした「テ」のようなあの郵便マークがとりわけ輪郭強く瞬いており、ポストがある場所にはその郵便マークが付されていた気がして、加えて、郵便マークを丸で囲めば郵便局の意だったような合理的に感じる誤認識が追い風となり、西岡の中でポストは地図上の情報として適正であると判断した。どうせならガリガリくん形状で口が二つあるやつではなく、円柱の小ぶりな佇まいの方がいいなと西岡にしては欲張ったことを考えながら玄関を出て、錆びに錆びた鉄階段を下り、コーポ松下に面した路地に立つと、そこに郵便ポストはなく、代わりに郵便局が燦然と屹立していた。

そんな馬鹿なと近づいてみると、土曜日の郵便局は伝書鳩が閑古鳥に縄張りを明け渡しており、寥々にして寂々。しかし、ゆうゆう窓口だけが一つ孤独に開いている様を見るにつけ、言いようのない説得力、これは本物に違いないと西岡としては納得に至った。ゆうちょのＡＴＭは日曜休日も夜七時まで動いているようなので、まんざらでもない。

部屋に戻って、鍵を回して、初めてチェーンまでかけたのは西岡なりの防御姿勢である。何か大変なものを手に入れてしまったのではないか。人生にさざ波立てずに生きてきた西岡にとって、無条件の利益はなによりも疑いの対象であった。会社の団体保険の説明会に参加させられた時も、加入のメリットを聞けば聞くほど、同量以上の胡散臭さを感じて西岡の中の拒絶の壁は高くなるばかりであった。身を正すほどでもない粗末なミニテーブルに置いた地図の前に正座して、さてどうしたものかとひねった西岡の頭から転がり出たのは、小学校か中学校の社会で習った地図記号であった。国土地理院が定めている地図記号はアイコンめいてどこか愛らしく、堅苦しい単語が生い茂る教科書という密林に住むリスのファミリーであった。ファミリーの中でことさらに印象強かったのは桑畑で、地図上に書かれていたとしてもどのような風景になるのか像が結ばないようなミステリアスなリス、言うなればミステリスであった。西岡は三十を超えた歳になったが、桑畑が桑の畑を意味すること以上の知識も経験もない。知識も経験もないのにアルファベットのYが膝をついたような桑畑の地図記号を覚えており、覚えていたことが嬉しくてつい手元の地図に桑畑を書き入れた。実際に書いてみると、ああこんなんだったこんなんだったと、不意に具現化した懐かしさに一人盛り上がってしまい、調子に乗って茶畑と果樹園と針葉樹林と広葉樹林と発電所も落書きのように並べた。

ポストの時よりもウキウキ気味のステップでサンダルをつっかけて玄関を開けようと

した勢いが、勢いそのままガギンッという硬い音と共に跳ね返されて、鉄製の戸に顔面を強打した西岡にかけてやりたい言葉は、慣れないことをするな。ガチャガチャとチェーンを外しながら、防御は最大の攻撃なり、と自爆格言が脳裏に浮かんだが、アパートの外廊下の手すり越しの景色に、自爆格言は散り散りに散った。葉の散った広葉樹林の先に青く茂る針葉樹林の塊が垣間見え、そのさらに奥から煙がもうもうと上がっている。西岡は知らない風景に向かって駆け出した。

再び知っている部屋に戻って来た西岡は浮かない表情で、それは茶畑のつもりで書いた記号が荒地だったことに気づかず、ぼうぼうと生えている名もなき雑草を茶摘みだと思ってちぎって口に含んでしまった時の苦味が一向に消え去らないからではなく、突如として現れた発電所敷地内に構える巨大な建屋の壁が、見覚えのあるレンガ調だったからである。西岡は思い出してしまった。そう、元々そこにはセブンイレブンがあったのだ。西岡は生み出せる力を持ったことばかりに囚われていたが、それは消し去る力でもある。客も使う表の灰皿で毎日昼夜煙を吐いていたセブンの店長はどこに行ってしまったのか。毎日昼夜煙を吐くであろうあの発電所の中で歯車として働くことになるのであろうか。西岡は店長の行く末を案じると共に、最寄りのコンビニがなくなってしまったことを案じていた。それにしても口の中が苦い。

桑畑の先、徒歩二分くらいのところに、昨晩の記憶を頼りにまあこれぐらいだったかなという四角とその中にMap Side Downと店名を書いて、二分くらい歩くと思惑通り陰気な地図屋に着いた。朽ちた感の木のドアを押して中に入ると、照明が絞られた空間の中、ニコニコ笑顔の店主が大股で近づいてくる。

「いらっしゃいませこんにちはー！　本日はどんな感じの地図をお探しですかね？　自分用、プレゼント用とかありますか？　春物の薄手のものなんかも新しく入荷もしておりますので、是非いろいろ見てもらってですね」

「すいません。あの、昨日こちらで『描いたものが現実になる地図』を購入した者なんですが」

「あー！　はいはい、ウテンポヌスの地図のお客様でしたか。お買い上げ誠にありがとうございました！　どうでしょうかね、使い心地の方は」

「あ、いや、使い心地というか、多分不良品というわけではないいんですが、いや、むしろ描いたことがホントに現実になってるんですが」

「はい！　それこそがウテンポヌスの地図でございます！　お陰様でウチも桑畑の隣に置かせてもらって」

「ああ、それはすいませんでした。よく桑畑ってわかりましたね」

「ハハハ。私も地図屋の端くれですから」

「あの、そのなんとかヌスの地図は、その、喪黒福造的なコトになりませんかね」

「モグロフクゾー？」

「ドーン！！！ってやつなんですけど知りませんか」

「あいにくテレビはそんなに見ない方で」

「いや、漫画が原作なんですけど」

「ジャンプ系しか」

「そうですか。えーと、あの地図は、なにかしらデメリットというか、しっぺ返しというか、こちらの何かが犠牲なるようなことになりませんか。例えば、書いたことが現実になる万年筆を使い過ぎたら、実はインクは私の寿命だったので死んでしまった、みたいな」

「ハハ。メーカーからは特にそのようなことは聞いておりませんが。同封されていた注意書きはお読みになられましたか」

「一応読むには読みましたが。火の近くには置かないでください、水に溶けないのでトイレに流さないでください、子供の手が届かないところで保管してください、くらいしか書いてなくて」

「では、そちら遵守していただければ問題ないかと」

「そうですか……なんだか騙されてるような気がして」

「慣れないことしようよたまにはさ」


西岡は慣れないながらも素直に欲望を爆発させた。手始めに、コーポ松下を二重線で消してグランルーデンスタワーマツタシオと改めた。天にも突き刺さらんとする大摩天楼をイメージして外に出るも、外廊下からの眺めは広葉針葉樹林とたなびく煙のままで、唯一変わったのは外壁に貼られたアパート名、白ペンキで塗り潰されて上からグランルーデンスタワーマツタシオと書き換えられている。明朝体で。出鼻をくじかれた西岡の欲望は抑え込められて、小さい心の内圧は高まりに高まり、新たな建築物となって地図上に噴出した。セブンと松屋と図書館と女子大と付属の女子高と、加えて最寄り駅をもっと最寄りにもってきて、半径二百メートル、着々とグランルーデンスタワーマツタシオの城下町が区画整備されていった。

Ａ４でもＡ５でもないような大きさの地図が、西岡の欲求のものさしに沿って埋まっていくと、比例して減っていく余白が気になってくるものであり、どう考えても針葉樹林と広葉樹林と発電所と桑畑と茶畑もとい荒地が邪魔でしかなく、こんな地図記号習わなければよかった、これが義務教育の弊害か、と我が国の教育制度を新たな角度から憂いたりした。ミステリスってなんだよ。残りの余白を最大限に活かすには、手書きでは限界かもしれない。欲が欲を呼び、追っていたはずの欲に追われる西岡は工場の総務棟だけ建てて、休日出勤している者もいない事務所に侵入して自分のパソコンを立ち上げる。地図のサイズを測り、起動させたペイントの画面上で地図の余白を同じ縮尺で再現する。最適化された欲望の矩形をドラッグアンドドロップでパネルパズルよろしく余白に当てはめていく。

Ｂ５でもＢ６でもないような規格外の用紙サイズなので手差しで地図をセットして、パソコンに印刷を命ずると、複合機に吸い込まれた地図はあっという間に出てきて、欲望のグラデーションを見事にアウトプットした。裏面に。プリンター印刷はマーフィーの法則の巣窟なのである。焦る手付きでさっきと表裏逆にセットして、改めて印刷ボタン、排出側で待ち構える西岡の手にしかし地図は滑り込んでこない。どうしたと苛立ち気味に操作パネルを見ると紙詰まりランプが赤く警告している。複合機の中でかくれんぼする地図を、こっちのフタを開け、あっちのフタを開けと、鬼のような形相と鬼のように乱暴な手付きで探す西岡は、プリンターは意外と雑に扱っても問題ないということを知っているが、地殻変動のような大地の揺れに気づく余裕はない。ようやく見つけたクシャクシャになった地図は芸術的な複雑さでローラーに嚙み込まれていて、絶望を断ち切るがごとく端部をひと思いに引っ張ると見事に地図が断ち切られた。まさに、Map断つ。手に残る地図の片割れには思い描いたものがまさに描かれており、西岡は浮遊感に包まれたが、裂け目の中をどこまでもどこまでも落ちていくようなその浮遊感が消えることはなかった。

# だらだら坂

我妻(あがつま)俊樹

我が家の前の坂道はだらだら坂と呼ばれている。

もちろん、だらだらと長くのびている坂道だからそう名付けられたのだろう。なんの疑いもなく私はそう信じていた。

じっさい坂はさほど急なものじゃないが、とにかく下からずいぶん上ってこないと我が家にはたどり着かない。しかも坂道はそれで終わりではなく、我が家の先もまだしばらく続いているのだ。

これは本当にだらだら坂だな、と引っ越してきた当初は思っていた。

ところが、名前の由来は別なところにあるとその後知ることになった。

坂の途中でしゃがみ込み、ぼんやり往来を眺める子供をよく見かけるので、なんだか気になりはじめたのだ。

「もう授業始まってるんじゃないの？　学校へ行かなくていいの？」

そう声をかけると、子供はいったんは立ち上がるのだが、すぐにまたしゃがみ込んでしまう。そして何をするというわけでもなく、石ころをいじったり、前に抱えたランドセルの蓋を開けたり閉じたりしている。

要するにだらだらしているのである。

子供たちだけではなかった。よく見ればスーツ姿の大人もちらほらいて、こちらはしゃがんでこそいないものの、立ち止まって腕時計を見たり携帯電話をいじったりしている。営業先への移動中かな、と思ってじっと観察していると、いっこうにその場を立ち去らない。いつまでも腕時計を見たり、携帯電話をいじりながらいたずらに時間を過ごしていた。

やっぱりだらだらしているのだ。

犬を散歩させている老人は、坂の途中で道端の花をぼんやり眺めて動かなくなる。犬も飼い主に散歩の続きを急かすようなそぶりを見せず、風に鼻をくんくんさせたり、日なたに寝そべってあくびしたりしていた。

まさに、だらだらしているとしかいいようがなかった。

驚いたのは、時々この坂に渋滞が発生していることがあるのだ。交通量が少なくて、朝夕の通勤時間以外はほとんど車の通らない道なのだが、いつのまにか車がずらっと列をなしていることがある。

気になって坂を往復してみると、渋滞の長さはだらだら坂の長さとちょうど一致していた。坂の始まる位置で車が詰まりだし、坂が終わる位置まで渋滞が続いていたのである。

先頭の車は、前がガラ空きなのになぜか牛のように非常にゆっくりと走っていた。後続車もクラクションを鳴らすとか追い抜くようなこともなく、時おり意味もなく坂の途中で停まったりしている。そしてのろのろと芋虫のように連なっていた。坂を抜けきった車から順に少しスピードを上げ、ようやく渋滞を抜け出していくのだ。

つまり、車までこの坂ではだらだらしているというわけだ。

こうして坂の名前の真の由来に気づいたのだが、納得がいったわけではない。どうしてこんな妙なことが起きるのか？　私は知恵を絞って仮説を立ててみた。

坂道があまりに長くだらだらと続いているから、一種の催眠状態を引き起こし、みんなあんなにだらだらしてしまうのではないか。

だが、長くだらだらと続く坂道なんて他にいくらでもあるだろう。ここより長いところだってたくさんあるはずだ。それらの坂道で、同じような現象が発生しているという話は寡聞にして知らない。

この謎が自分の手に余ると感じた私は、地元の郷土史家として知られるTという老人のもとを訪ねることにした。

T氏宅は、我が家から坂を少し上ったところにある。不躾な訪問を詫び、だらだら坂で人々がだらだらしてしまう理由を早速T氏に問うと「わかりません、原因不明です」と率直な答えが返ってきた。

「地磁気の異常なのではとか、景観と坂の角度の相互作用なのではという人もいますが、いずれも単なる思いつきの域を出ませんね」

T氏はため息まじりにそう語った。

現象そのものはずいぶん昔から知られていた。地元の大学の先生に調査してもらおうという話もあったが、立ち消えになったそうだ。

そもそも「だらだらしてる」というのは主観的な判断であり、その定義をどうするのかという問題がある。そこからクリアしていかないと調査のしようもないという話だった。

「だから経験的な事実としてそうである、という以上のことはいまだわからないのです」

苦渋に満ちた表情でT氏は続ける。

「あの坂を歩く人は高い確率で、なぜかだらだらしてしまう。老若男女(ろうにゃくなんにょ)、人種や国籍の区別なくそうです。車やバイクに乗っていても同様です。中にはまったく影響を受けないように見える人もいますが、そういう人も長い時間坂にいれば、やがてだらだらしてくるのです。私の長年にわたる観察結果ですから間違いありません」

そう語るT氏自身、ひと頃は坂の謎に迫りたいと情熱を燃やしたことがあるそうだ。

「ところがミイラ取りが何とやらといいますか……。いつしか調査とは名ばかりで、毎日仕事もせずだらだらと坂で時間を潰(つぶ)すようになりましてね。愛想を尽かした妻には去られ、子供たちもまるで家に寄りつかなくなりました。ようやく我に返ったときはすべて手遅れです。悔やんでも悔やみきれず、今はもうあの坂とはなるべくかかわりを持たぬよう心に決めている次第です。外出するときは裏の家に頼んで庭を通らせてもらうなどして、直接別の道へ出たり……みなさんから変な目で見られているのはわかっていますが、どうにもしかたありません」

自嘲気味に語るT氏の言葉を裏付けるように、かなり広い家の中はしんと静まり返って、日が暮れても人の気配が全然なかった。

なんとなく重たい沈黙が続き、その気まずい空気から逃げるように私は丁重に礼を述べると腰を上げた。

「あなたもそろそろ危ないのではありませんか」

そのときT氏がそうぽつりと付け加えるのを聞いて、私はハッとしたのだ。

たしかに私はもう何週間も仮病を使って会社を休み、その間ずっと坂を往復して過ごしているではないか。

つねに坂のことが頭の中を占めていて、気がつけばぼんやりと坂ばかり眺めていて、だらだらと一日中坂で時間を潰していたのだ。

どうやら私も、だらだら坂に取り憑かれつつあるのかもしれない。

思わず目の前の老人の顔を見返すと、

「まったく、怖ろしい坂ですよ」

そうつぶやいて、T氏は遠くを見るような表情をした。

# 海を漂うユィゴンよ

藤田ナツミ

ちゃぽんと水が跳ねて、空を写す青い水面（みなも）に女の白く透き通った顔が浮かんだ。目が合い私の顔を確認した女は、パクパクと青白い唇を開閉した後、再び海に沈んでいく。移動で乗っていた船の上から見た、一瞬のできごとだった。

ハッとするような強い海風が頬を叩き、私は乾いた目で瞬（まばた）きする。目尻に滲（にじ）んだ涙は生理的なものだろうか。慌てて拭（ぬぐ）い、もう一度海に目を向けるが、誰も、何も、いない。近辺の村へ取材に来ていた私はカメラを持参していたというのに、シャッターチャンスを前にしてぴくりとも体が動かなかった。なんという失態だろう。ただ、今からでも自分の目で見たことを確かめることはできる。

私は港に着いてすぐに近くの小屋に駆け込み、中で休憩していた一人の漁師を捕まえ、見たこと全てを吐き出した。興奮が抑えられず、上手（うま）く伝わっているかと不安に思っていると、漁師の老人はウンウンと私を安心させるように優しく頷き、嗄れた声で「それはユィゴンだ」と言った。

　なぜだか耳に馴染む、優しい声だった。とはいえ突然投げつけられた聞き慣れない言葉に思考が止まり、私は一瞬その場で立ちすくんでしまった。我に返ってすぐ弾かれたように老人に質問する。

「なんですか、それは」

　まるでジュゴンのような語感だが、あれは海の生き物なのか。確かにジュゴンも、昔は人魚に間違えられたと聞いたことがある。

「私は幽霊かと思いました。だって人間の女の顔をしていましたから」

「あぁ、幽霊みたいなもんだよ。もっと詳しく言うと、言霊って言うのかな」

　老人は話しながら、私に手招きして自分の隣に座れと促す。私は小屋の入り口に仁王立ちして、自分が見たものを彼に話して聞かせていたのだ。今になって恥ずかしくなり、彼の語りを邪魔しないように黙って近づいた。

　浜辺の小さな小屋の中、肩を寄せ合い秘密話をしているような形になる。密な距離感に、老人相手に何を考えているんだと思いながらも、なぜか胸を弾ませている自分がいた。

「お嬢ちゃんは他所(よそ)から来たようだが、この海沿いの村に住む女は、亡くなると海に向かいユィゴンになるんだよ」

「あぁ……」

私は旅行メディアのライターをしている。今日はミニコラムのネタを探しに、不思議な噂があるこの辺鄙(へんぴ)な村を訪れた。オカルトチックなネタは、真偽はともあれ読み物の一つとして読者に面白がってもらえるものだ。

そしてなにより、亡くなった村の女たちの幽霊——言霊が海に向かうという情報を知った時、私の心の琴線(きんせん)に触れたのだ。ライターの勘がガンガンと鐘を鳴らし、何かあると告げていた。そんな思惑(おもわく)は伝えず私が「この村に、不思議な噂があるのは存じております」と簡単に言うと、老人は目を細めた。

「そうかい。じゃあ話は早い。お嬢ちゃんは、海に向かった誰かの言霊に会ったんだよ」

「……幽霊ではなく、言霊と言うのはどうしてですか？」

「言葉なんだよ。魂と体は天に向かい、想いは海に向かう。生前口に出せず、この世に残ってしまった言葉がユィゴンとなって海を漂っているんだ。そしてユィゴンは、そこで出会った人に遺言を託すと天に昇ると言われている」

私は、女が青白い唇を動かしていたことを思い出す。あのユィゴンは、一体何を伝えたかったのだろう。

「村の女しかユィゴンにならない。きっと、海に出ていく旦那に伝えられず我慢して呑み込んでしまった言葉なんだろう」

海辺の村は、他所から移ってきた極一部の金持ち以外、みんな海の仕事をしていると事前に調べて知っていた。村の男たちが家に帰らない時間は、酷く長いと聞く。

「男は船、女は港なんて言いますからね。帰ってくる場所は大切ですが、待っている側は辛い時もある……」

「あぁ、でも伝えたい言葉は悲しいものばかりではないんだよ」

「えっ？」と、すっかり漁師の夫をもつ妻の悲恋を想像していた私が顔を向けると、照れ臭そうに笑う老人の顔があった。

ふと、私はこの表情を見たことがある、気がした。

「うちの嫁もね、数年前に亡くなったんだ。俺は海で、ユィゴンになったあいつの言葉を聞いたよ」

「えっ！　奥様は、なんと……？」

「俺のせいで、タイミングを逃したとさ」

「……？　どういう意味ですか？」

私が首をかしげると、老人は「ふふ」と笑みを浮かべ、遠い記憶を思い出すように目を閉じて下唇を噛んだ。まるで少年のように、はにかんでいるのだ。目元の深い皺が嘘のように、幸せそうにふっくらとして見える。

「俺とあいつは、元々結婚する予定じゃなかった。あいつには、うんと小さい時から結婚を決めた相手がいたんだ。幼馴染で、俺よりも一つ年上の男だった」

「あら……それはそれは」

「ははは、お嬢ちゃん目が輝いているよ。女の子は、こういう話が好きだねぇ。うちの孫娘たちも、年頃になると誰に教えられたのやら、進んで話を聞きに来たもんだよ」

どうやら、このユイゴンに繋がる奥方との馴れ初め話は、老人にとって十八番の語りのようだ。語尾が掠れて、笑いを含み心地よく揺れる声は、波が少しずつ砂浜を削る音に似ていた。

ざざ、ざざ、と私の耳の奥に入ってきた声は静かに想像を掻き立てて、老人と、顔も見たことがないはずの亡くなった奥方の、若き頃の姿を頭に思い描いてしまう。

「けどね、あいつは家の都合で俺と結婚することになってしまった。まぁ簡単に言えば金だね。俺は好きで漁師をやってるけど、家は村で一番金持ちなんだよ。あいつは次女で、姉妹揃ってうちに嫁に来た」

「奥様には、お姉様もいるんですね」

「美人姉妹だったよ。義姉さんは実家を気にしていたから……わりとすんなり兄貴と仲良くなってたな。俺にもたいそう優しくしてくれた。問題は俺とあいつだ」

「大変ですねぇ……」

ユィゴンの、幽霊の、不思議な噂を求めてこの村までやってきたというのに、私は今日出会ったばかりの老人の恋愛話を熱心に聞いていた。老人に、女だからこういう話が好きなんだろうと言われたが、それだけではない。それだけではない何かが、記憶の海の奥の方でチカチカと瞬いているのだ。

私は何か、忘れていることがあるのかもしれない。私が思考の海に深く沈んでいく中、老人の声は徐々に熱を持って過去を紡いでいく。海は荒れて、当時の奥方と——誰か、これは幼馴染みだという男のものだろうか？　二人分の悔しさが伝わってくるようだった。

「あいつは、ずっと、ずっと、何年経っても別れた幼馴染の名前を話題に出した。俺のことなんか嫌いだと何度も言った。子供の前でも言うものだから、そういうときはさすがに俺も少しは言い返したけど、ほとんどの言葉は黙って受け止めたんだ」

「……他の人と結婚する約束を、破らせてしまったからですか？」

「いや……」と、老人がどこか言い辛そうに視線を泳がせる。

今まで押し寄せる波のように話し続けていたというのに、突然水が途絶えた。私の耳が新しい水を求めて、キリキリと乾いていく。

「ねぇ、ここまで話したのに、言わないのは意地悪ですよ」

「はは……そうだよなぁ。すまないね、お嬢ちゃん。実はね、俺は……」

再び老人の言葉がぴたりと止まり、外から聞こえる波の音が遠くなった時、小さな耳の穴を溺れさせるような大量の水が流れ込んできた。

「……俺はね、あいつと結婚したかったから、親父に無理を言って嫁に来るよう呼んでもらったんだよ」

「え？」

「本当は、兄貴と義姉さんが結婚するだけでよかった。あいつの家の問題は、それだけで解決したんだ」

耳から入り込んだ海水が、脳を浸していく。呼吸の仕方がわからなくなり、胸がジクジクと痛む。私は無関係なのに、なぜだろう。この痛みの原因が、わからない。決して、奥方の気持ちに同情しているわけではなかった。

「……元々、奥様を好きだったんですか？」

「あぁ、好きだったよ。あいつが幼馴染と結婚の約束をする前からずっと、好きだった。いつか大人になったら、俺が迎えに行こうと決めてたんだ」

「なんでだろう……それ、知ってました」と、無意識に口からこぼれた言葉に、私は首をかしげる。

知っているはずがないのだ。私は、おかしい。おかしくなっていた。老人の話を聞き始めてからだろうか、それとも海でユィゴンを見てからだろうか。老人は私の反応を見て不思議そうにしていたが、気にせず話を続けた。

「あいつは義姉さんが病気で亡くなってから、追うようにしてすぐにあっちに行ってしまった。姉妹揃って家から出てったんだ。あいつの人生は、結婚して死ぬまで、呪いのようにずっと俺に文句を言うだけだったな……」と、老人がニヤリと口角を上げ「……そう思っていたんだが、違った」吹っ切れたように笑い出した。

歳を重ねてしわくちゃになった頬が、ほんのりと赤く染まっている。俺は幸せ者だ、と顔全体で表していた。

「違ったというのはどういうことですか……？」

「俺はね、本当にあいつに恨まれていると思っていたんだよ。義姉さんも妹であるあいつの態度を気にしていたのか、よく俺を手助けしてくれた。それくらい周りから仲が悪いと思われていたのに……」

私は頭の中で、意気消沈（いきしょうちん）する若い頃の老人を励ます兄嫁の姿を思い浮かべる。

元気を出して、あなたはいつも家族のために十分なことをしているわ、それに昔から何事にも一途で真面目なことを私は知って——と兄嫁が熱心に話す最中、老人の視線は別の誰かに向けられているのだ。彼が見ているのは勿論（もちろん）、愛する奥方だった。

「あいつのユイゴンはね、無理に結婚させられたことを最初は怒っていたが、すぐに怒りは落ち着いてしまったと。俺と結婚してから、あまりにも充実していて、ひたすらに愛を与えられて照れくさかったと。それを若い頃ずっと突っぱねていたから、最後までお礼も言えず謝れず、タイミングを逃したと……」

一気に言葉を紡いだ老人は、嬉し涙が浮かんだ目元を擦る。

「あいつは最後まで俺に文句を言っていたけど、漁に出た先で出会ったユィゴンの顔は満足そうだった。俺は、もうそれだけで幸せなんだ」

「……幸せ、ですか」

「あぁ、俺はあの言葉だけで残りの人生を生きていける」

無事相手に言葉を伝えられた奥方のユィゴンは、天へ向かうことができたのだろうか。

私は自分が見たユィゴンを思い出し、そして――

ワタシは、私が生まれる前から伝えたかった言葉、胸の奥に広がる暗い深海に漂っていた言葉も思い出していた。

「ワタシ、あのユィゴンが何を伝えたかったのかわかった気がします」

「え？」

「海造(かいぞう)さん」

「……どうして、俺の名前を？」

老人の名は海造と言い、ワタシの旦那の弟だった。海造さん一家は他所(よそ)から村にやってきた金持ちで、ワタシは幼い頃から自分と歳が変わらない彼ら兄弟を眩(まぶ)しげに目を細めて見ていたものだ。家の権力に興味が無さそうな弟の海造さんが特に魅力的に見えたが、彼はワタシの妹ばかり目で追っていた。わかるのだ。ずっと、見ていたから。

ある日突然、家の都合で海造さんの兄の元へ嫁に行くことになり、ワタシは泣いた。しかし同じ屋敷に海造さんも住んでいる。それならば我慢しようと結婚を受け入れたところで――海造さんは、妹を嫁に欲しいと言った。

そこから数十年の間、ワタシは深い深い海の底で溺れているようなものだった。誰も助けてくれない。海造さんと妹の子供が生まれ、孫が生まれ、身内であるワタシに馴れ馴れしく話しかけてくる。あぁ、気持ち悪い。気持ち悪い。

歳をとり、妹が本当は海造さんのことを好いているのに意地を張って自分の気持ちを認めないところも、たまらなく気持ちが悪かった。ワタシなら海造さんを真っ直ぐに愛し、海に向かう彼を一途に待ち続けたというのに。

だから、ワタシが病(やまい)であの世に旅立つときに馬鹿な妹も連れて行った。

ワタシと妹、海造さんへの愛の深いユィゴンを先に見つけてくれるだろうと願っていたが、彼が見つけたのは妹のユィゴンだった。しかし、今となってはそれでいいのだ。

ユィゴンが海に残り一人で漂う中、いずれワタシの魂と体は生まれ変わるだろう。そしていつか村の噂を知った時には、遠い記憶に繋がる導きを感じ、そして――

「いつか、ワタシの体が海造さんを迎えに行きますからね。そして馬鹿な妹の代わりに、めいっぱい抱きしめてあげるんです」

耳元で優しく囁(ささや)きながら、ワタシは海造さんの体を抱きしめる。あの頃、ただ言葉で励ますことしかできなかった愛(いと)おしい体を抱きしめる。

「やっと言えた……これが、ワタシの遺言です」

小屋の外から、ちゃぽんと天に向かって水が跳ねる音が聞こえた。

# 額縁の中の男

倉阪鬼一郎

章一（しょういち）はため息をついた。

今日は公募展に出した絵画の搬出作業だ。業者を使うと割高になるから、大きな専用バッグに入れて運ぶようにしている。

地下の搬出窓口に向かう章一の表情はさえなかった。無理もない。今日、搬出されるのは選外作品、よりはっきり言えば落選作だった。

画家の登竜門の一つとして知られている公募展だ。去年は見事、初応募で入選した。気をよくした章一は、最低限の生活を支えるバイトにあてる時間を除けば、一年間集中して一枚の絵に取り組んだ。寝食を忘れて制作に打ちこんだ時もあるほどで、章一のこの絵にかける意気込みには並々ならぬものがあった。永遠の生命を得るような傑作を描くつもりだった。

こうして描きあげた自信作だったが、結果はあえなく落選に終わった。章一は肩を落として受付に向かった。

預かり証をスタッフに渡すと、ややあって奥から光沢のある青いガウンのような衣装をまとった男が章一の絵を運んできた。

絵を渡す前に、資料に目を通してうなずく。

こういう公募展としては異例だが、家族や友人関係などについても事細かに記入させられていた。章一は天涯孤独に近い身の上で、恋人はおろか友人もいない。孤独死を覚悟しているほどだ。

「この絵ですね」

青い服の男が言った。

いやに目つきの鋭い男だ。顔に見憶えがある。

「そうです」

章一は力なく答えた。

「今年は残念でした」

男はそう言って、章一に絵を渡した。

章一は無言で受け取り、50号まで入るバッグに絵を収納した。

縦と横を間違えてなかなか入らなかったが、男が見かねて手を貸してくれた。

「もしお時間があれば、来年あなたが必ず会場に飾られる方法を、奥でひそかに伝授しますよ」

帰ろうとした章一に向かって、青い服の男が言った。

あなた、に妙な力点が置かれていた。

章一は思い出した。

目の前に立っているのは、有名な画家だ。テレビの美術番組で見たことがある。

とすれば……。

「わたしの指導を受けた方は、間違いなく会場に」

画家のまなざしが鋭くなった。

章一はつばを呑みこんだ。

禍転じて福と成す。これはチャンスかもしれない。

「……お願いします」

小考のあと、章一は画家に向かって頭を下げた。

＊

「世界をどう認識するか、絵の巧拙はその一点にかかっています」

地下のいちばん奥まった人目につかないところで、青い服を着た画家は言った。

「あなたがいま持っている額縁の内部は、まったくの空白です」

画家は章一を指さした。

章一は銀色の額縁を持って立っていた。そうするようにと言われたのだ。

「しかし、見方を変えれば、額縁の中には空白が詰まっているとも言えるのではありませんか？」

ゆっくりと歩きながら、画家は言った。

「無は単なる無なのではありません。無の渦のさなかに豊饒な無が生まれ、不意に有に反転する瞬間があるのです。その瞬間をとらえる呼吸さえ会得してしまえば、融通無碍の境地に立つことができます」

画家の言葉は、章一の脳に直接流れこんできた。

まるで心をまるごと洗われているかのようだ。

「額縁の中には永遠があります」

靴音が響く。

「あなたは人体、並びに三次元の桎梏を逃れ、永遠の生命を得るのです。もう何も怖れることはありません。思いわずらうこともないのです」

画家の声が高くなった。

「さあ、笑ってください」

高名な画家は言った。

「あなたは生まれ変わるのです。閉じていると同時に開かれた世界へと、ここから翔び立つのです」

画家は妙な身ぶりをまじえた。

それを見た瞬間、章一の頭の芯がだしぬけに澄明になった。

それきり、何も考えられなくなった。

＊

「みんな上手ね」

二人の女性が展覧会を観ていた。

秋の公募展だ。

一般公募の入選作に続いて、会員の作品のコーナーになった。

「あ、この画家の名前、聞いたことある」

「よくテレビに出てる人ね」

「人物画の巨匠だって」

画家の名前が指で示された。

「真に迫った絵ねえ」

「ほんと、生きてるみたい」

「どうやったらこんな絵を描けるんだろう」

「魔法でも使ってるんじゃない？」

「まさか」

片方の女が一笑に付した。

やがて、絵の前から人影が消えた。

額縁の中の男は笑みを浮かべていた。

何かに驚いたような、不思議な笑顔だ。

「来年あなたが必ず会場に飾られる方法」と画家は言った。

「あなたの作品」ではなく、たしかに「あなた」と言ったのだ。

翌年、会場に飾られたのは章一の絵ではなかった。

章一自身だった。

額縁の中の男は、こうして永遠の生命を得た。

# 世界地図

北野勇作

荷物の整理をしていて、押入れの奥から出てきた。これまで押し込まれたいろんなもののいちばん下になって、今までずっとそこにあったらしい。

クッキーが入っていた四角い金属の缶というか箱というか、そういうよくあるやつ。蓋には、いろんなクッキーの写真が印刷されている。子供の頃、ここに隠したのだろう。そんなふうにして宝を隠す遊びを、一時期よくやっていた。

もちろん宝というのは、ビー玉やブロマイドやバッジとか。それらを缶に入れて、隠して、すっかり忘れてしまっていた。今になってそれを見つけた、ということか。

四角い缶の四角い蓋。その継ぎ目をセロテープでぐるりと留めてある。そうだったそうだった、あの頃はなんにでもセロテープを使っていたな。

そんなことを思い出した。でも、いったい何を入れていたのかまでは憶えていない。

セロテープは黄ばんでかさかさになっている。そのまま開けることもできそうだったが、なんとなく子供の頃の自分に悪いような気がして、黄ばんでかさかさになったセロテープを爪で丁寧に剝がしていった。ちょっとしたわくわく感をすこしでも長引かせようとしたのかもしれない。

テープをきれいに剝がして、それを丸めて屑カゴに捨てた。それから、もういちどその四角い平らな缶に向き直った。

蓋に手をかけ、ちょっと力を入れると、ぽこん、と音をたててそのぺらぺらの蓋は外れた。

入っていたのは、何枚もの紙だった。

四角い缶と同じ大きさに切られた紙。

ほとんどがチラシやカレンダーの裏、たまに画用紙も混じっていた。そこに、クレヨンや色鉛筆やボールペンで描かれている。

絵ではなかった。

それは、地図なのだ。

もちろん、ぼくが描いたものだろう。

たしかにあの頃、こんなのをやたらと描いていた。それはかすかに憶えている。子供の頃のぼくは、地図を描くのが好きだった。いや、好きだったというよりは、必要にかられて描いていただけなのかもしれないのだが。

ぼくはよく道に迷った。

知らないところに行っちゃダメでしょ。

よくそんなふうに怒られていたが、そんなつもりじゃなかった。よく知っているところにいたはずなのに、すぐに方向がわからなくなって、それで気がついたら知らないところに出てしまっているんだ。

毎日のように行っている近所の公園からの帰り道がわからなくなって隣の町で泣いていたり、それどころか、小学校からの帰り道がわからなくなったことさえある。

なんで同じ道を帰ってこないのよ。

そんなことを言われたって、ぼくとしては同じ道を通ったつもりだったのだ。

大きく住所を書いた布を服や帽子に縫いつけられていたな。

そんなことを思い出す。そうだったそうだった、たしかそれで、地図を描くようになったのだ。

いろんなところに行くための、そしてちゃんと帰ってくるための地図。自分のための地図だ。そんな地図さえ完成すれば、もう迷うことはないはずだ。

ぼくはそう考えて、そして家を中心にした地図を自分で作りはじめたのだった。そして実際、常に地図を持って歩くことで、ぼくは迷わなくなったように思う。

歩きながら、新しい地図を作った。そんなふうにして、地図は毎日のように更新されていたはずだ。

それらをまとめてここに入れたのだろうか。

たぶんそうだろう。そんなことをしているうちにいつからか、もう地図なしでも大丈夫になった。それで、いらなくなった地図をまとめてこの缶に入れたのだ。

大事にしていたものだったから捨てることができなかったのだろうし、また必要になるときが来るかもしれない、と思ったのかもしれない。

まあそのまま忘れていたということは、幸いにしてそれ以降は必要にはならなかった、ということか。

それにしても懐かしい。

自作の地図の束を、ぼくは上から一枚一枚見ていった。

どうやらそれは作られた順番に重ねられていることがわかった。

最初はクレヨンの茶色い線だけだったものが、後にいけばいくほど道や建物、それに目印らしきものが増えてくる。

どれも同じ道だ。

それはそうだろう。その頃のぼくがひとりで歩き回る範囲など知れている。それが世界のすべてだったのだ。

だからこれは、その頃のぼくにとっての世界地図、ということなのだろう。後になるにつれて複雑に、明確に、そしてほんのすこしずつだが大きくなっていく世界の地図だ。

真ん中に大きく描かれている四角形が、この家だ。両親と自分と、飼っていた亀もいっしょに描かれているからそれは間違いない。もうすこし後になると、亀が甲羅干しをするベランダらしき小さな四角形も付け足されるようになる。

家の前から右側に道が延びている。その先にある歪んだ円はたぶん公園だろう。滑り台もブランコもないただの丸い広場だが、植え込みにはダンゴムシがたくさんいた。灰色のクレヨンで描かれたダンゴムシでそのことを思い出した。

公園の向こうは道路で、広くもないのに交通量は多かった。国道が渋滞したときの抜け道になっているらしくて、朝夕はひっきりなしに車が通る。けっこうスピードも出ているから、この道路は絶対にひとりで渡ってはいけないとしつこく言われていた。ぼくは自動車を見るのが好きだったから、公園から出ないようにしてこの道路をよく眺めていたはずだ。それはなんとなく憶えている。

長い間、そこがぼくにとって世界の西の果てだった。

東の果ての商店街が出てくるのは、もうすこし後だ。商店街の途中にあるふれあい広場のニコニコステージまで行って帰ってくる、というのが父との散歩コースだった。地図が大きく変わるのは、父や母とではなく、小学校の友達と遊ぶようになってからだ。

家を中心にするといつも遊んでいる離れた公園とか駄菓子屋とか秘密の道とかがうまく一枚に収まらなくなってしまう。世界が大きくなってしまったので、まず世界全体を描いて、全体との関係性の中で自分の家の位置を決めるようになったのだろう。つまり、自分の家が世界の中心ではなく、世界の中に自分の家がある、という認識になったわけだ。天動説から地動説へと世界観がシフトしたようなものだろうか。

そんなコペルニクス的転換をへて、ぼくの世界地図はさらに大きく、そして詳しくなっていく。

もうこのあたりまでくると、道路や商店街はもちろん、神社や公園に空き地、それらをつなぐ路地や家々の隙間までがかなり細かく記されている。

写真の解像度が上がっていくみたいではあるが、まんべんなくそうなるのではなく、ある部分はやたらと詳しく、逆に思い切った省略が行われているところもあったり。なんだかそれは生き物が成長していく過程を撮影した連続写真でも見ているような感じだった。

子供の頃のあれこれを思い出しながら一枚ずつ見てきた地図も、もう残り少なかった。さすがにこのあたりまでくると、もうかなり正確な町内の地図になっているな。そんなことを思いつつ、今も子供の頃とあまり変わっていない町内の道を目でたどっていたのだが――。

あれ？

目が止まった。

なんだろう、これは。

地図のほぼ中央に描かれている奇妙なもの。

何枚か遡って見ると、それらにも描かれている。

商店街の端にある神社の裏のあたりだ。

昔はいわゆる鎮守の森だったらしいそのあたりには今も大きな木が何本も残っていて、道路はそれを避けるように通っていた。

そんな木々がクレヨンで描かれているから、地図では今も森があるように見える。

それにしても、こんなものあったっけ。

その森の中心に丸い池のようなものが描かれている。水色に塗られたそれは、どう見ても池なのだ。

こんなところに池？

思わずそうつぶやいていた。

いや、そこにあるのは池だけではなかった。首の長い恐竜のようなもの――早い話が、ネッシーみたいなの――が描かれている。

池だけではおもしろくないから、なんとなくそういうものも付け足したのだろうか。

ぼくは映像を巻き戻すようにそれより以前の地図を見直した。

その前の地図にもそれはあるし、その前の前の地図にも、その前の前の前の地図にも

――。

最初の頃は絵がヘタだったからわからなかったのだが、だいたい同じ場所にそれらしきものはあって、どうやらその池と首長竜（くびながりゅう）のようなものは、この家が地図の中心ではなくなったときからずっと描かれているようなのだ。

いつも、地図の中心あたりに。

ということは、たしかにあったのだろうな、と思う。すくなくとも、その頃のぼくにとっては――。

でも、今のぼくにはもう、それが何だかわからない。

今、地図にあるこの場所に行ってみたら、わかるのだろうか。もしかしたら、子供の頃のぼくは、そのためにこの地図を残したのでは。

そんな気がした。

そこにいったい何があるのか。

それを確かめることはできる。この地図を片手に、地図の通りに道をたどればいい。

すぐ近所。

歩いていける距離なのだ。

だけど、どうなのだろう。

昔のぼくは、どう思っていたのか。

そんなことをさせないために地図を隠したのか、それとも、そうできるように地図を隠したのか。

確かめるべきか、このままにしておくべきか。

どうして欲しいのだろう、あの頃のぼくは——。

地図を睨んだまま手を止めて考え続けている。

明日この家を出ていく、その荷造りもまだ終わってないというのに。

# 夢見懇願（こんがん）

黒　史郎

「俺はお前よりも少しだけ長生きしてやる」

「うん、がんばって」

「ちゃんとお前のことを看取（みと）ってやる」

「でも大丈夫かしら」

「なんだよ」

「だってあなた、寂しがり屋じゃない」

「そんなことはない」

「そう？　私がいなくなった後、独りでも平気？」

私たちはよく、「その時」の話をする。

何十年と共にすごし、すっかりおじいちゃんとおばあちゃんになって、気がつくと夫は寿の字に傘をかぶる歳。日に日に夫の言葉や動きはゆっくりになっていき、最近は腰が痛い、背中が痛いが口癖。胃も歯も弱くなって、お米は柔らかく炊かないと食べられない。

私は夫より九つ下で、幸いまだ身体に痛いところもなく、脂っこいものも固いものもなんとか食べられる。でも夫と同じ風に生きていたいから、夫に合わせてゆっくり動いてゆっくり喋り、軟らかいご飯をゆっくり食べ、そうしてゆっくり生きながら、残された時間をのんびり二人で費やす。

この歳になると、なにかをやりたいという欲も失せ、平穏に老いていきながら、いずれ来る「その時」について夫婦で話すようになる。数十年前の夫は、自分が先に逝った後の私の心配をしていた。

「俺はお前に負担をかけないように死ぬ。認知症にならないように生活習慣を見直すし、長患い(ながわずらい)で入院しないよう健康にも気をつかう。家で寝た切りの介護生活なんて、もってのほかだ。先々お前が充分に生きていけるだけの蓄えを残し、ある日、ぽっくり逝ってやる」

でも、ここ十年で夫の意識が変わってきたらしく、「俺がお前を看取ってやる」そういってくれるようになった。そんな夫の気持ちはとてもわかる。

私たちが齢を重ねれば、周りの人たちも同じだけ齢を重ね、私たちと繋がりのあった人たちはその繋がりから一人、また一人と消えていく。老い続けていくことは、独りになるその日を待つということ。

私たち夫婦に子はなく、十八年飼った猫も一昨年に死んだ。私にはもう夫しかいないし、夫にも私しかいない。いつか必ず、夫婦のどちらかが独りになるその日がやってくる。

昨年、お隣の旦那さんが亡くなり、ある日、奥さん一人でスーパーへ入って行く姿を見た夫は、こう思ったらしい。自分一人分の食事のために買い物をする、そんな寂しい時間を妻には残したくない、と。

寒雨（かんう）のそぼ降る、ある日の夕方。

みりんが切れていたのでスーパーへ行こうと家を出た私は、濡れた玄関ポーチですべって転倒した。

腰を痛めた私は翌日、夫に病院へ連れて行ってもらったが、頂いたお薬が効かず、痛みで夜中に何度も目が覚めた。そんな日が続き、睡眠不足の負荷が内臓に圧しかかったのか、急激に食が細くなる。そのうえ、排泄障害。日に日に弱っていくのが自分でもわかった。

「このままだとお前が先に死ぬ」

夫はなんともいえない目で、臥せこむ私を見つめた。

「ちゃんと看取ってくれるんでしょ」

「いやだ」

「まあ、あなたったら」

「いやだ。一人に……なりたくない」

しゅ、ずず、しゅ、ずず……。

その音で私は目覚めた。

常夜灯の橙がにじむ、ほの暗い寝室。私の枕元で激しく動く影がある。

白装束に白鉢巻の男が、鬼の形相で棒のようなものを振り回している。聞こえていたのは衣擦れと足で畳を擦る音だ。

「――あなた？」

起き上がりたくとも腰が痛く、寝たまま夫の姿を見上げた。

「かけましこましかましこけまし――」

目を大きく見開き、口の端に泡をため、地響きのような声を発しながら、夫は祈禱師のお祓いの真似事をしていた。

あなた、あなた――何度も呼ぶと声はぴたりと止み、振り回していた棒は手品のようにパッと消え、夫も消えた。

すると、衣文かけのあたりから夫の姿がヌルリと現れる。よれよれの白い肌着にベージュの股引。夏の部屋着だ。細い腕のたるんだ皮に、ここ数年で増えたほくろが目立っていた。

夫は両手で自分の首を押さえながら倒れ、歯を食いしばってのたうちまわり、遠吠えのような声を上げるとピクリとも動かなくなった。その夫はパッと消え、今度は私の足元に別の夫が現れる。先日に買ったばかりのコートを着た夫は、胸を掻きむしりながら倒れる。

畳の上で痙攣する夫もパッと消え、私は問いかける。さっきからずっと、私の隣で寝息を立てている夫に。

「やっぱり、一人になるのが怖いんでしょ?」

いま見たものは、夫の必死の願いなのか。

必死に私の快復を祈願し、なんとか私より先に死のうとしていた。

そんな足掻(あが)きを私に見せるまで、夫は孤独が怖いのか。

これじゃ、先になんて死ねない。

「わかった。あなたより長生きするから」

夫の祈りの効果か、あれから私の容体は見る見る快復していった。そして夫の願いが叶ったのか、私がすっかり元気になったころ、その時を待っていたかのように夫は亡くなった。

眠るように、安らかな表情で。ぽっくりと。

# ほらふき親父

成宮ゆかり

　切り立った海岸線沿いを走るこの国道は、海の向こうに日が沈むのが見えて、ドライブするには最高のロケーションだ。運転免許をとったら、絶対ここへ走りにこようと決めていた。

　快適なドライブになるはずだった。

　そう――いつもなら。

　雨粒が激しくフロントガラスを叩く。

　俺は今朝テレビでやっていた天気予報を思い出していた。

　確か雨の確率はゼロパーセントじゃなかったか？

　なのにこの土砂降りはなんなんだ。おまけになんでこんなタイミングで降り出した？

　家を出る前親父が、くれぐれも運転には気をつけろと言ってたっけ。これだけ降ってりゃ、気をつけるもなにもない。親父の車をスピンしてこすったとしても、いや、もっともっと派手な事故が起こったとしても不可抗力だ。そう力説してやる。俺のせいじゃない。

俺は親父が大嫌いだった。いつもいい加減で、調子のいいことばっかり言っていたから。人を笑わせる才能はあったのかもしれないが、いったいどこまでがホントでどこからがギャグなのか、子供の頃の俺には判断がつかなかった。だから親父の言うことをそのまま鵜呑みにしてそっくりそのまま友達に話したりしていたから、俺までほらふき野郎なんて言われていたんだ。

例えばこんな具合だ。

お袋は俺が小学校に入学した直後、家を出ていった。

親父は俺にこう言った。お前の母さんは実は人魚姫で、いかんともし難い理由で海の家に帰ったのだ、と。親父がものすごく深刻そうに言ったものだから、幼いなりに気を遣った俺は、しつこく追及することはなかった。なにか大人の事情ってやつがあるのだと。

　ほかにも、野球でホームランを打ったら近くの山に当たって噴火が起こったとか、飛行機に乗っていたとき急に用事を思い出して、富士山の頂上で降ろしてもらったとか、雪山に登山中、雪崩が起きたけど、スノーボードで雪崩の上を滑ったとか、コマまわしをしてたらコマが回り過ぎてどんどん地面深くまで下がっていき、そこから温泉が湧いたとか、冷静に考えたら、いや冷静じゃなくてもありえないことだとすぐにわかる。

　こんなのもある。

親父の弟、つまり俺の叔父さんが子供のころの話だ。ある満月の夜、二人で散歩をしていたら、叔父さんが突然狼男になってしまった。よつんばいになって月に向かって吠え出したんで、親父は仕方なくそこらへんにあった紐で首を縛り、犬のフリをして連れて帰ったとか。翌朝には元通りになっていて本人も覚えていなかった、なんて真顔で言うのだ。

　まともに聞いたらすぐに嘘だとわかるようなこんな奇想天外な親父の話を、子供の頃の俺は目を輝かせて聞いていた。

　お袋がいなくなった寂しさもあって、俺は親父にべったりだった。親父は俺の唯一の家族であり、教師であり、友達であり、ヒーローだった。

ところが小学校も高学年になると、親父の話はどうもおかしいと思い出した。「そんなの嘘っぱちだ！」と、友達なんかはハナから相手にしてくれない。俺もとうとうほらふき野郎のレッテルを貼られるようになった。

その頃から俺は、親父がどんなドラマチックな話をしても、ほとんどを聞き流すようになった。まともに取り合わなくなった俺を相手にするのは諦めたが、親父は焼鳥屋の店主やスナックのネエちゃんなんかに相変わらず馬鹿話を披露していたようだ。そのせいで「ほらふき親父」として近所では有名人だった。

お袋が突然家を出ていったのも、親父のこのほらふき癖が原因なのではないかと思ったことがある。確かにお袋が出ていったあと、親父は俺をたった一人で育ててくれた。それには感謝している。けれどこんな具合じゃお袋が出ていきたくなった気持ちもわからないではない。

親父のことを考えていてイライラしていたせいか、さっきのカーブでブレーキを強く踏みすぎたようだ。車がこんなに簡単にスピンするとは思わなかった。車はまるで自分の意思を持ったように、自分の行きたいところへ滑っていった。

そう、俺を乗せた車は道路を大きくそれ、ガードレールを突き破り、崖から海の中に落ちていく。

――強い衝撃があった。

周りは真っ暗だ。さっきまでの強い雨風はもう感じられない。そのかわり息を塞ぐような圧力がなにもかもをのみ込んでいく。どこかの窓ガラスが割れたのか、瞬く間に車内に海水が満たされていっている。

ぶつかった衝撃でひずんだのか、ドアを開けることができない。

車は後部から沈んでいっているようだった。俺は思い切ってフロントガラスを叩いた。息が苦しい。

二度、三度と叩いてみる。今度は足で蹴ってみる。するとさっきまでの抵抗がなくなり、フロントガラスが車体から離れていくのが見えた。そんなに強い力をかけたつもりはないが、意外と簡単に車外に出ることができた。

しかし息が苦しい。海上にあがるまではとても息が続かないだろう。もうだめだ。頭の中が真っ白になってきた。

目の前にいつも写真で見ていたお袋の顔が見える。

お袋が俺の手を握る。

そうか、この瞬間、お袋に会えるということはつまり、お袋は家を出たんじゃなくて、亡くなっていたのか。

——俺を迎えにきてくれたんだ。

親父には申し訳ないけど、今度は俺、お袋と暮らすよ。

するとと頭の中にお袋の声が聞こえた。

「なに寝ぼけてんの。あんた、私の息子でしょ。息ぐらいできるでしょ」

どう見ても俺と同い年くらいのお袋が、俺の鼻をつまんでひねった。

「痛っ！」

どういうことだ？　そういえばさっきから苦しさをあまり感じなくなってきている。

俺のあごの下にヒラヒラしたものを感じる。そっと触れると、それは俺の呼吸とともに動いているようだった。

「あ、あの」と口を動かしてみるが、単にゴボゴボという音が出ただけだった。

「大丈夫、頭で考えればわかるから」

やはり、お袋の声は俺の頭に直接流れてくる。それはお袋が触れている手から流れてくるようにも思える。

「あの、俺はなんで息ができるんですか？　いや、そもそも、あなたは俺の……」

「そう、母です」

「え？　いや、でも、どう見ても若いような、写真のままのような」

「私は歳をとらないの。人魚なので」

「人魚……人魚って、あの人魚？」

「あの人魚、と言われてもね。見た通りの人魚。今は尾びれだけど、地上にいるときは足があるわよ」

　スカートを穿いているようだが、確かに足と思しきところは、魚の尾びれのようになっている。慌てて自分の足先を確認すると、スニーカーを履いたままだったので、どうやら人間のままのようだ。

「え？　えええ？　本当に人魚だったの？　嘘でしょ。いや、嘘じゃないか。現実なんだ。本当に人魚がいるなんて……でも、なんで、なんでうちからいなくなったの？」

「あの人、なにも話してないのね……」

　若いころのお袋、いや、若いままのお袋、と思われる女性は、大袈裟に顔をしかめた。

「いい？　お父さん、浮気したのよ。私の一族は、結婚してそのあとに一度でも相手が浮気をしたら、その人と別れて実家に戻らなきゃいけない掟があるの。最近徐々にゆるんできたんだけど、大昔から続く掟なのよ。物語みたいに泡になって消えて無くなったりはしないけどね」

いかんともし難い理由というのはこういうことだったのか。そこは正しかった。いや、お袋が人魚だということも。

「でもあんたのことが心配で……お父さんとはよほどのことがない限り会えないけど、連絡は頻繁にとっていたし、誰もいないときに家にご飯を作りに行ったこともあるわ。あんたのことは遠くからちゃんと見てたわよ。なかなか能力が出てこないから心配したけどね」

そう言いながらお袋は俺の手を引いて海上を目指した。

「今日、あんたがあの崖から落ちる光景が浮かんできたの。私たちは仲間の危険をすぐに察知できるし、ある程度予知もできる。だからあんたが死んだりしないことはわかってた。むしろこんなときに能力が発現するんじゃないかって、ちょっと期待してたのよ」

お袋はすいすいと進んでいく。まるでイルカにつかまって泳いでいるみたいだ。

「能力？」

「そうよ。水の中で息ができたでしょう？」

「これって俺の能力なの？」

「そうよ。あんたはこれから一生、水の中で溺れることはないわ」

「す、すごい……すごいね！　お袋！」

「その、お袋って言いかた、やめてくれない？　オバサンみたいじゃない」

「じゅうぶんオバサンの年齢のはずだけど」

「私は二十一なのよ！」

「え？　じゃあ俺も歳をとらないってこと？」

「いいえ、人間っぽく見た目を変えたければ、年齢相応にもなれるわよ。いい？　あんたもこれから、自分の力をコントロールするすべを身に着けるのよ」

海面にやっと出ることができた。

俺は鼻と口から思いっきり空気を吸い込んだ。それと同時にあごの下のヒラヒラは消えてなくなった。

俺がスリップして落ちたところがどこだったかはもうわからないが、お袋は俺を上陸しやすい浜へと引っ張ってきてくれていたようだった。

先ほどまでの土砂降りが嘘のようにすっかりあがり、あたりの空気はひんやりと澄み切っていた。太陽はとうに西へ沈み、空には星が輝いていた。

「さあ、お父さんに謝らないとね。大事にしていた車をダメにしたんだから」

浜に上がったお袋の足はもう人間の足になっていた。そこへ近づいてきたのは――親父だった。

「お、親父……お、俺……」

なにから話していいのか、うまく話せなくて、俺は空を見上げた。

そのとたん、自分の中でなにかが弾けるような感覚に襲われた。体中の血がたぎるような感覚。

なんだ？　どうなってるんだ？

立っていられなくなって、砂浜に寝転ぶ。

夜空に浮かぶ満月と、犬の首輪とリードを持ってニヤニヤ笑う親父の顔が見えた。

# そこは極楽

行方(なめかた) 行

若い絵描きは、会心の作を画廊に持ち込んだ。

池の中央に巨大な蓮があり、大日如来(だいにちにょらい)があぐらをかいている。上空では天女(てんにょ)が羽衣をたなびかせながら飛び、背後にある荘厳な楼閣(ろうかく)は黄金色(こがねいろ)の日差しを浴びて鮮やかさを増していた。

画商が気に入れば商品になるが、彼は困ったように頭をかいた。

「また極楽か」

絵描きは極楽を描くことに固執していた。幼少のころに肺を患(わずら)って死にかけたことがあり、そのときに夢で見た幸福な世界を忘れられないのだ。自分が感動したものだから、きっとだれの胸も打つだろう。そう信じてきたが、いまだ一枚も絵が売れたことはない。

案の定、画商は絵を返してきた。

「線が、とにかく硬すぎるんだ」

この世の終わりのような顔で、どうすれば、と絵描きが唸る。

「その生真面目さが原因なんだろう。画題に遊びを入れるか、酒を呷りながら描いてみるか、もっと肩の力を抜いたほうがいい」

絵描きは呆然と安普請のアパートに帰った。さっそく買ってきた日本酒を舐めてみたが、一口で頭がずきずきと痛んで目も開けられない。下戸には向かない方法だ。では極楽に変化を与えるのはどうか。腕組みをして何時間も考えてみたが、妙案は浮かばなかった。

苛ついて頭をかきむしったら、べたついている。そういえば絵に夢中で何日も洗っていない。風呂がないので、洗面台で水を浴びたら冬なので痛いほど冷たかった。縮こまりながらタオルで身体を擦っていると、

「――あ」

閃くものがあって濡れ鼠のまま画布に向かう。

池を凍らせ、極楽を極寒にしてしまうのは面白くないか。雪が降り、蓮の花は砕け、

冷気で空気は輝いているけれど、大日如来や天女は春にいるような穏やかさだ。その落差が幻想を高める。朝まで構想を練って、突っ伏すように眠った。

目覚めると、寒い。

くしゃみと鼻水が止まらず、頭がぼうっとして集中できなかった。

風邪だ。

だからといって休んではいられなかった。——すぐに新作を持っていく。そう画商と約束していたし、来週からはバイトが忙しくなるからだ。頭痛に耐えながらイーゼルの前に座り、木炭を握った。しかし先端がふらふらと定まらず吐き気もおさまらない。しばらく俯(うつむ)いて休み、楽になった一瞬だけ顔をあげて没入する。

不思議と、線が伸びやかにいった。

何度も意識が途切れかけては踏みとどまり、普段の何倍も時間をかけて素描を仕上げ、色を重ねていく。熱は何日もさがらない。それでもなんとか形にしてよろよろと画廊に運び込むと、頬に血の気がないぞ、とまず心配された。

「平気ですから」

新作を渡すと、ほう、と画商が感嘆する。

「これはいい。ちゃんと線が生きている」

さっそく画廊に飾ると、常連らしき女性が足を止めて見入った。——あのひとが買うよ。そう画商が予言した通り、間もなく売れて絵描きの懐に金が入った。これでしばらくバイトをせずに済む。

薬を飲んで栄養のあるものを食べて風邪を治し、次作に取りかかった。寒々とした極楽をさらに深めよう。勢い込んで描きはじめたが、愕然とするほど線が硬い。——前みたいに引きたいのに。いくら修正しても呪縛のように力みは取れず、そのまま完成させて画廊に持っていったが、

「これはまた、ひどい線に戻ったもんだ」

と画商は評価してくれない。

落胆した絵描きは、アパートに戻って考えた。

前作と今作の線の違いは、どこから生じたのだろうか。

——それしかない。

半信半疑ながら、絵描きは洗面台で全身を洗って拭かず、暖房をつけないで画布と向き合った。しばらくすると鼻水が垂れてきて、寒気のせいで震えだして落ち着かない。

それでも我慢していると、めまいのように感覚があやふやになってきた。そろそろか。

絵筆をふるってみると、すっと線が跳ねる。

これだ。

不眠不休で描きあげ、這うように画廊にいったところで、倒れた。——とにかく病院へ。画商は促したが絵描きは拒否し、最新作の包みを解いた。魅入られたように画商が息を呑む。

「……こういうのを待っていたんだ」

ぐったりと壁にもたれながら、絵描きは確信した。

風邪のなかで引いた線は軽やかになり、作品は評価される。

絵描きは、町外れの地下室に引っ越した。

ここなら創作に集中できて浴槽もある。そうして毎日のように水風呂に浸かるようになった。あがると裸のまま微熱が出るまで寒さに耐え、意識がおぼろになってきたら絵筆を取る。吐き気を堪えながら、なんてばかなことを、と自戒しかけて止めた。もう売れない絵を描き続ける日々に戻りたくない。画家になれるのなら、健康を引き換えにしても悔いはなかった。

絵描きは続々と名作をものにしていく。

春夏秋と極楽の四季を連作し、現世や太古に極楽を現出させ、海中や山奥や草原を極楽に仕立てあげる。どれも評判が高く、あちこちから制作依頼が舞い込むようになった。

もっと描こう。もっと喜ばれたい。

熱意とは裏腹に、絵描きは風邪をひけなくなった。

春になり、水温が高くなってしまったからだ。いくら水風呂に入っても手足がふやけるだけで、くしゃみひとつ出てこない。なにか別の手はないか。

絵描きは、除湿剤を大量に置いて部屋の空気を乾燥させ、寝不足になって抵抗力をなくし、病院の待合室で咳き込むひとの側にいき、偏った食事を摂り、手洗いうがいをせず、夜は腹を出して眠り、とにかく病気になりそうなことを試した。

ときどき、それで熱を出す。

まだ描けるんだ。

絵描きは不健康な行為を組み合わせてうまく風邪と付き合いながら、いくつかの作品をものにした。しかし、画廊に持参しても受け入れてもらえない。どうして、と絵描きが息も絶え絶えに訊く。

「ちょっとよろしいですか」

画商は、作品を買ってくれたことのある女性に新作を見せた。――悪くないけど。女性の言葉は歯切れが悪く、その表情はつまらなさそうだ。――なにがどこが。絵描きの問いに、画商は首をひねった。

「なんか、ぬるいんだよなあ」

絵描きは、持ち帰った作品を即座にナイフで切り裂いた。売れるようになってからの拒絶は、血が沸騰するほどに悔しい。ちゃんと風邪をひいて描いたのに、なにがいけなかったんだ。

――ぬるい。

絵描きは寒気を覚えた。

創作の体温が、微熱では足りないのではないか。

もっと高熱のなかで描かなければ、ひとの心は動かせない……。

するのか、それを。

恐れたが、物足りなさそうにしていた女性の横顔を思い出し、振り払った。あんな表情をされるぐらいなら、高熱にうなされたほうがましだ。でも、どうやっていままで以上に熱を出せばいい。

インフルエンザは時期ではないので、生肉や腐りかけのものを食べて食中毒での発熱を狙った。期待通りの高熱は出たが、下痢と嘔吐でトイレにこもって絵筆を握れない。三十九度の熱が出ている、と自己暗示をかけ続けたが意味はなく、強烈な寒さなら熱も高くなるのではないか、と食肉会社の冷凍庫に忍び込んだが、発熱する前に全身が凍りつきそうになって、あわてて逃げ出した。

万策尽きたか、いや——。

絵描きは、大きな冷凍庫を買って大量に氷をつくり、それで浴槽を埋めた。

氷風呂だ。

浴室に足を踏み入れると、冷気が蜃気楼のようにたゆたっていた。息が真っ白になり、逆立った全身の産毛が固くなって突っ張る。引き返しかけて歯噛みした。いい絵を描くためだ、もう躊躇しない。

入水というより氷をかき分け、浴槽のなかに座り込む。

激痛のような冷たさに全身を覆われ、叫び出したいけれど身体の芯が凍てついて声が出ない。涙で視界がにじみ、じきに足の感覚が失われていった。寒い辛い苦しい、痛い。

もう限界だ。出ようとしたところを、あえて深く沈み込む。これで見事な線が引けるんだ。これで名作をものにできるんだ——。

数十分ほど粘って浴室から飛び出し、画布の前でがたがた震えながら体調が悪くなっていくのを、待つ。一度で駄目なら二度、それでもまだなら三度、と氷風呂に浸かったら、五度目でようやく熱が出て、測ってみたら三十八度五分を超えていた。

木炭を手に取る。

周囲も体内も不気味なほど静かで、滑らかさもかすれも引っかかりも力強さも思い通りの線が引けた。これまでこれほど自由に描けたことがあっただろうか。これこそ高熱の領域なんだ。

しかし、そんな恍惚は一瞬でしかない。

すぐに頭が割れるように痛んで、吐き、ぐったりと起きあがれなくなった。関節が痺れて視界がちかちかと瞬き、異常に喉が渇く。それでも絵描きは、笑っていた。

——線の引けるわずかな時間を繋げれば、最高の極楽が描ける。

絵描きは、それから数時間おきに氷風呂に入る日々を過ごした。

絶えず咳き込んでいて、いつまでも熱はさがらず、動かないから筋力が衰えて買い物に出るのもままならない。皮膚がたるんで鈍感になり、けだるくて眠れず、胃と肺と心臓が絞られたようにしきりに痛んだ。それでも三十八度五分に近づいたら絵を描く。

ああ、なんと鮮烈な線か。

全能感はすぐに失われ、ある日、イーゼルに倒れかかってキャンバスに穴を開けた。そのまま意識を失って、目覚めると病室で点滴を受けている。——最近こないから。助けてくれたのは様子を見にきた画商だった。

絵描きは額に手をあて、

「健康になったら絵が描けなくなる」

と地下室に逃げ込んで、ドアに頑丈な鍵をいくつも取りつけた。何度か画商がきたが追い払い、とにかく氷風呂に浸かり続ける。

もう高熱がさがることはない。

絵筆を摑もうとしたら力が入らずに落とした。布で手に縛りつけ、がむしゃらに線を引いて理想を形にしていく。完成間際、突っ伏し、ひどい咳を繰り返した。大量の血を吐いて極楽が赤く染まる。

——おれは、もう長くないらしい。

そう実感したら、最期になにを描くか、と考えた。出世作となった冬か、無人の荒野か無数の天女か、圧倒的な菩薩か。どれもぴんとこなかった。もっと自分にしか描けない切実な極楽があるはずだ。それはどこで、なにを画題にしたらいい……。

「これしかない」

閃いた絵描きは、その一作にすべてを捧げ、描きあげた直後に亡くなった。

あの絵描きは生きているのか。

いやな予感を抱いた画商は、町外れの地下室に向かった。どれだけドアを叩いても、ひとが出てくる気配はない。大家に許可を取ってドアをこじ開け、暗い階段をくだる。

絵描きは、画布に向かったまま亡くなっていた。

手に筆をくくりつけていたが、署名が入っているので作品は完成しているらしい。

その絵を見て、画商は苦笑した。

「最期まで極楽極楽か」

平凡な浴室が描かれていて、木炭を握った絵描きが、のんきそうに湯気のたつ風呂に浸かっている。

しかし、なぜか鼻水を垂らしていた。

# 地図に残せる仕事

青山 梓

あなた、ひょっとして何か、やらかしたんじゃないの?

大学教授、雨宮草太郎は、混み合うバスの車内で吊革にしがみつきながら、先ほど家を出る時の、妻との会話を思い返していた。

バカ言え。と笑顔で返し、扉を閉めるまでの数秒間、自分の所作は、どれを取っても自然だったはずだ。

車内を見渡せば、まだ、あどけなさを残した男子学生ばかり。バスが揺れるたび、年頃の息子の部屋を覗いた時のような、青臭い匂いが鼻腔をかすめる。

建築家でもある草太郎が、自身の母校、N大工学部で教鞭を執るようになって久しい。だが、前期に続いて後期にまでも、月曜の一限を割り振られたのは初めてだ。妻が疑うのも無理はない。せめてもの救いは、この時間にもかかわらず、履修登録者が多かったこと。もっとも、草太郎の授業「景観デザイン論」は、建築学科の学生の間では、単位が取りやすいことで有名なのだが。

二十分後、バスは終点「N大正門前」に到着した。ここから実際の正門までは、五分ほど急坂が続く。これが、五十路も半ばを過ぎた身には、けっこう堪える。草太郎は、仲間と談笑しながら軽やかに歩き出す学生たちに紛れて、ようやく一歩を踏み出した。

教壇から見ると、最近の学生たちは、理解力はあるものの、いかんせん集中力がない。だから草太郎は、N大構内に今も残る文化財の解説や、地名に関する雑学などを授業に盛り込んで、学生たちを飽きさせないよう、常に工夫を凝らしてきた。だが、いつからか、それも億劫になってしまった。今はただ、何事もなく、このまま静かに退官の日を迎えられれば御の字である。そのためならば、たとえ月曜一限が何かのペナルティであったとしても、甘んじて受けるつもりだ。

草太郎が、ひとり粛々と歩を進めていると、間もなく正門というあたりで、後ろから声を掛ける者がいた。

「雨宮先生、おはようございます」

振り返ると、そのはつらつとした声の主は、大学の若手職員、向井だった。

すらりと背の高い向井が隣に並ぶと、小柄な草太郎は、自然と見上げる形になる。

「おはよう、向井くん。さすが若い人は、この坂でも息が上がってないね」

「いやぁ。しんどいっすよ、自分も」

そう言いながらも、向井の笑顔は崩れてはいなかった。

「そういえば向井くんは今年、学祭担当だったね。来月の学祭、楽しみにしているよ」

数日前に届いた学内メールの内容を思い出し、場つなぎ程度に発した言葉だったが、なぜか、向井の表情からは笑顔が消えた。思いもよらぬ反応に、草太郎が戸惑っていると、向井は心持ち長身を屈(かが)め、声のトーンを落として囁(ささや)いた。

「その件ですが、対外的には、雨宮先生は学祭期間中、お休みということになっていますので」

言われた意味が分からずに、思わず向井に聞き返す。

「それは、一体……」

「はい。最近、例の卒業生から、頻繁に電話が来ていまして。先週は、金曜の朝イチからありました」

草太郎は全身から力が抜けていくのを感じた。ここが自宅なら、その場に座り込んでいたかもしれない。用もないのにスマホを買い、馴染んだ電話暗号を変えてまで、連絡を絶つことに腐心してきた相手であったが、まさか職場にまで……。

「自分が電話を受けたんですが、あの気取ったというか、ツンケンした話し方で、いきなり『雨宮先生の研究室お願いします』と言われました。でも、上からは絶対につなぐなと言われているし、対応に困っていたら、『もう結構です。今度、学祭に行った時に、直接、訪ねます』とか言い出したんで、とっさに『先生は休暇を取っております』って、嘘言っちゃいました。ハハッ」

最後の「ハハッ」が気になるが、向井がそう告げた以上、もう今回は、その体でいくしかない。

「あ、でも。その後すぐに、他の部署にもメールして、話を合わせるよう調整しておきましたんで、大丈夫です」

なにが大丈夫、だ。それに非常事態とはいえ、本校の卒業生に対して、あんまりな仕打ちではないか。草太郎は立場も忘れて、一瞬、怒りさえ覚えたが、そもそも、そうなる状況を招いたのは、ほかならぬ自分自身なのだ。

「なので雨宮先生も、学祭期間中は、不用意にキャンパスをうろついて、見つからないようにしてくださいね。ハハッ」

そう言って笑顔で一礼すると、向井は事務棟へ向かって駆けていった。若者相手に余裕のひとつも見せられず、草太郎は、すでに夕刻のような体の重さを感じていた。

研究棟の入り口で、草太郎がＩＤカードをかざすと、壁面にズラリと並んだ教授名の中で、「雨宮草太郎」と記されたプレートが点灯した。

「これじゃ、居留守も無理だな」

草太郎は小さくつぶやいた。しかも、数年前の建て替えで、旧日本軍払い下げの陰気臭い校舎は、モダン建築へと生まれ変わり、エレベーターはガラス張りだ。外から見れば、誰が乗っているか一目瞭然である。学祭は二日間。その間、遠路はるばるやって来て、一縷の望みをかけて自分を探し回るであろう人物から、身を隠し続けることなど、不可能に近い。いっそのこと、本当に休暇を取ってしまえば何の問題もないのだが、立ち上げ当時から顧問を務める「地名研究会」の研究成果を、こんな理由で見届けないわけにはいかない。

草太郎は研究室に入ると、机の上に黒いブリーフケースを置いた。そしてグレーのスーツの上着をハンガーに掛けると、そのままソファに倒れ込んだ。

向井は確かに、金曜の朝イチと言った。その事実は、今は就職課長に納まる、大学の同期から聞いた、彼女が休職中らしいとの噂に輪郭を付けた。ミスコンに推されるなど、かつては学祭の華であった彼女の身に、一体、何が起こっているのか。

草太郎が、初めて彼女の存在を知ったのは、四年前の春。正門に続く、あの坂の途中で、声を掛けられたことだった。

「あの、雨宮先生ですよね？　何年か前、MHKの『ぶらり・ド田舎』で拝見しました。タレントの戸森さんと、アシスタントの女性に、この坂の由来について、解説されてましたよね。私、その番組見てたんです。先生のお話、とっても面白かった……」

弾んだ声、大きくて黒目がちな瞳、サラサラとした長い髪、スカートから伸びる細い脚……。それらの要素とは誓って無関係だが、三分後には、草太郎は彼女を地名研に誘っていた。地元出身の素朴な学生が多い中、わざわざ東京から、こんな辺鄙な地方の国立大学へ進学して来た彼女の存在は、学内でも既に注目の的であったらしい。そんな彼女から、N大への進学理由が自分(が出たテレビ)と告げられ、草太郎は己の中で、以前にも増して、研究への意欲がみなぎるのを感じた。地名研の活動、ゼミ生との建築談義、学会での研究発表、そのすべてに彼女がいた。彼女は雨宮ゼミの秘蔵っ子。あの頃は、誰もがそう思っていたことだろう。

いまだ気持ちは混乱しているが、まずは一限の授業である。草太郎は、気を取り直してソファから起き上がると、スラックスのしわを手で払うようにして伸ばした。そしてロッカーの扉の裏にある、小さな鏡を見ながら白髪まじりの癖っ毛に櫛を入れた後、講義資料を手に研究室を出た。

講義棟へ続く渡り廊下からは、こぢんまりとしたキャンパスが一望できる。この場所は、かつて軍用地であったが、さらに昔、江戸の頃には、小さな山城があった。その時代の逸話のひとつで、草太郎が好んでする話がある……。

ある朝、小雨の降る町に、ふらりと一人の風変わりな男が現れた。男は城下から城へ続く坂を見上げ、突如、この場所で商売を始めると決めた。それは、今でいう便利屋のような稼業であったが、生来、気が回るタチの男は、城の御用聞きから急坂での荷運びまで、頼まれた仕事は何でもソツなくこなした。その仕事ぶりが評判となり、やがて町の人々も、なにくれとなく男に手を貸すようになり、商いは繁盛した。その様子が役人の目に留まり、男は草履番として城に召し上げられた。身分が変わっても、男は、人々の情けを生涯忘れることはなかった。いつしか坂は「人情坂」と呼ばれ、今にその名を残している。やがて男の子孫たちは、幕末の頃には、苗字帯刀を許されるまでに出世したが、初代の志を忘れぬため、代々、男子の名に草履の「草」の一字を入れた……。

「お気付きの方もいるかもしれませんが、私、その男の子孫です」

最後に、そう付け加えると、いつも驚きの声が上がり、教室の空気が和んだものだ。あの番組で披露した時も、戸森氏は「えっ、そうなの?」と興味を示した。その出自を、若い頃は疎ましく感じたこともあったが、今は違う。これまで自分は、見えざる「雨宮」の名に守られていたのだ。おそらく今も。

九十分後。授業を終えて研究室へ戻ると、ドアの前に地元書店の営業部長、八木沢が待っていた。

「お帰り。次期学部長」

「次期のまま、終わりそうだけどな」

そう言って草太郎が研究室に入ると、八木沢もその後に続き、勝手知ったる様子でソファに腰を下ろした。草太郎はコーヒーサーバーで、ブレンドを二杯抽出すると、カップを両手にソファへ戻った。テーブルの上には、いかにも値の張る新刊書籍のリーフレットが、ズラリと並んでいた。

「今度は何を売りつける気だ?」

草太郎は、いつものように軽口を叩いた。

「先生なら予算もたっぷり、お持ちかと……っていうか、草ちゃん、何かあった?」

この八木沢は、地元の高校時代からの悪友である。今でも仕事を離れれば、二人で夜の街に繰り出したり、ゴルフに出掛けたりする仲だ。そして八木沢は、異常に勘の鋭い男である。

「いや、何も」

草太郎は短く否定したが、内心たじろいでいた。

「ならいいけど。さっきエレベーターから降りて来た時、この世の終わりみたいな顔してたからさ」

草太郎はなんとか笑って見せたが、思えば、これまで自分が、この男の追及をうまくかわしたことなど一度もないのだ。この件も、遅かれ早かれ白状することになる。ならば、と草太郎は口を開いた。

「実は、この春卒業した、うちのゼミ生と面倒なことになってるんだ」

「レイラ、だっけ？」

「ど、どうしてそれを？」

「前に学生たちが噂してたからさ」

そうだろうとは思っていたが、改めて突き付けられると、年甲斐もなく傷付いている自分がいる。

「ああ、そうだよ。南條玲良。彼女、テレビで解説してる俺を見て、この大学に来たんだって。建築学専攻でさ、地名研にも入ってた。熱心な学生だったから、俺もゼミでの指導のほかに、苦手な数学教えたり、製図の試験対策を考えたり、いろいろ目を掛けていたんだ。実地研修の一環で、俺が設計した親父の医院を見せに、実家へ連れて行ったこともある。

変な意図はないよ。彼女が本気で、『将来、地図に残せる仕事がしたい』と言うから、こっちも、つい指導に熱が入ったというか、その夢を叶えてあげたいと思ったんだ。就職は、俺の口利きで、大手ゼネコン系列の湧水建設に決まった。彼女、建築の実務経験が積めるって、とっても喜んでた。

　なのに卒業式の後、袴姿で研究室を訪ねて来た時の彼女は、ちょっと様子が変だった。うちの学生は、この辺で就職する子が多いんだけど、彼女は東京へ帰るUターン組だし、急に不安になったのかな。いきなり『先生、これからも私のこと、見守っていてくださいますか？』なんて言うもんだから……つい……」

「つい、なんだ？」

「激励の意味で……」

「激励？」

「ちょっとだけ、ハグしたっていうか」

「ハグなんて、その歳でよく言えるな……。で、それだけか？」

「うん」

「本当に、それだけなんだな？」

「う、うん……」

　草太郎は、手元にあったリーフレットの角を、無意識に丸めていた。

「ま、何でもいいけど。早めにカタ付けろよ」

　痛いところを突かれ、草太郎は黙り込んだ。そして、昔から八木沢の言葉は、時に腹立たしいほど的を射ていたことを思い出す。八木沢は、陸上部時代から変わらぬ、細く長い脚を組みかえ、なおも続ける。

「草ちゃんさ、たまに研究室の受話器、外してるだろ？　スマホも他社のに替えたよな」

すべてを見通されていたかと思うと、草太郎は、恥ずかしさで顔から火が出そうだった。

「百歩譲って、だぞ。起きてしまったことは仕方がない。だからって逃げ回ってばかりじゃ、何も解決しないぞ」

「それは、そうだけど」

「彼女と話す気は、ないのか？」

「今の状況では無理だな。だって彼女、かなり変わったタイプっていうか、付き合ってみると結構、思い込みが激しいところがあるんだ。おまけに行動力がハンパなくて、この前、家の近くでスマホ片手に歩いてる姿を見かけた時は、飛び上がるほど驚いた。だからヘタな事言って、刺激したくないというか……」

言うつもりもなかった言葉が口を衝いて出る間、草太郎は、時折、険しくなる八木沢の表情だけが気になった。

「今朝、聞いた話じゃ、彼女、来月の学祭の時、俺に会いに来るらしい」

「その日、休めないのか？」

「休みなんだけど、休めないんだ」

「もし鉢合わせしたら、慎重に行けよ。その対応で、すべてが決まるぞ」

「わかってる。その時は、冷静に対応するよ。考えてみれば、彼女はまだ、社会に出たばかりのひよっこだ。俺も、その頃は自分を見失いかけてたよ。みんな、その時期を乗り越えて、大人になっていくんだよな」

草太郎は、自らの言葉に何度かうなずいて見せた後、窓の外を見た。八木沢は、テーブルの上の冷めたコーヒーを飲み干して、席を立った。

「彼女。どうせなら、その行動力を、自分の夢とやらに向ければいいのにな。けっこう、いい線行くかもしれないぜ」

そう言って目くばせすると、八木沢は研究室を出て行った。残されたコーヒーカップを片付けながら草太郎は思う。確かに、彼女の一途さを以(もっ)てすれば、将来、地図に残せる仕事も夢じゃないかもしれないな……。

その時、草太郎はまだ知らない。来月、学祭の日に、あの坂で起こる事件を。そして、その顚末が、後の世までの語り草となり、もともとの由来など誰の記憶からも消えて、あの坂がいつしか、「刃傷坂」と名を変えることを。彼女は、確かに夢を叶える。

# 霊鷲山で寿限無

小竹田　夏

　ジェット機の中で、四柳亭円髄は真打になった夢を見ていた。テレビにひっぱりダコで、バラエティー番組で氷風呂に入り、スタジオの大爆笑を誘う。

　そこで、円髄は寒さに身震いして目を覚ました。先の見えない長いトンネルの中を思わせる暗い機内から、壁一枚隔てた外は高度三万七千フィート、氷点下五十度の極寒の空だ。円髄はぶるっと身震いしたが、顔はニヤけていた。

「真打が夢になるといけねえな」

　妻の陽子は壁を向いて寝ている。

「寒いよな、なあ？」

　円髄の問いかけに陽子の答えはない。予告なく機内の照明が点き、インド女性の客室乗務員がワゴンを押してきた。食事の時間だ。円髄は乗務員に文句を言うと決めた。寒い。冗談じゃない。これでも何度かテレビにも出た噺家なのだ。真打昇進も、ホントに間近の噺家なのだ。風邪でもひいたらどうしてくれる？

「チキン？　フイッシュ？」

乗務員の声に、陽子はむっくり体を起こし、円髄より先に口を開いた。

「彼はチキン。私はフイッシュ」

乗務員が微笑を添えて食事のプレートを差し出した、ちょうどそのとき、円髄は大きなクシャミをして、不満といっしょにサラダもフルーツもすべて吹き飛ばした。乗客からの視線がいっせいに円髄に集まり、それから逃げるように円髄は乗務員と一緒に床の食物を拾った。その間、陽子は罵りを込めたため息を吐き続けた。

インディラ・ガーンディ空港のタラップを下りたとたん、陽子はウワッと声を出した。夕方でも気温は四十度を超えている。五月のインドは一年で一番暑い。

到着ロビーの人だかりの中、現地ガイドのラージャゴーパーラーチャーリーは長身で頭一つ抜けていた。若くて、涼しげな顔つきに愛想はなかった。

「ラージャゴーパーラーチャーリーです。ヨロシク」

「寿限無みてえな長い名前だな」

日本ならそんな軽口を叩いたであろう円髄であったが、このと[illegible]なことを言わずに握手した。真打になるためには、この男の協力が欠かせなかった[illegible]

一行はデリーのホテルで一泊し、翌日、国内線でパトナ州のロク・ナヤ[illegible]ラカシュ空港に飛んだ。デリーでもパトナ州でも空港からの移動は車で、それ[illegible]の運転手がついた。どちらの男も運転が荒かったが、偶然ではなく、インドの誰もが[illegible]い運転をした。狭い車間距離で、隙あらば音楽のようなクラクションを響かせて、ぐんぐん追い抜く。円髄と陽子は、冷房の効いた後部座席で前シートを盾にし、体をこわばらせた。

「レースじゃないんだからよお」

「そ、そうね」

インド式の阿吽（あうん）の呼吸で車が流れる一方、渋滞もインド式で、霊鷲山に向かう途中、一行を乗せた車は二時間の足止めを食った。まったく進む気配のない車列に、ラージャゴーパーラーチャーリーが車を下りて様子を聞きに行った。原因は夫婦喧嘩だった。包丁を持った妻に、道路の真ん中まで逃げた夫。近所の人たちを巻き込み、警察も巻き込んでの大騒動になっていた。

「ど・う・なっ・て・ん・の・よ?」

陽子の言葉に、日本語が分からない運転手も、背筋を正してハンドルを握り直した。

円髄はだんまりを決め込み、空気は固まったまま動かない。ラージャゴーパーラーチャーリーは運転手と短くやりとりを交わし、「予定ヘンコウ。イマ、昼食にする」と言った。

一行はすぐ目の前にあった道路沿いの食堂に車を停めた。平屋(ひらや)の小屋のような食堂で、扉はなく開け放たれている。ラージャゴーパーラーチャーリーは円髄と陽子を調理場の前に案内した。大皿に、カレー、揚げ物、炒め物が並ぶ。本場のスパイスに二人の嗅覚は刺激され、口の中に唾液(だえき)があふれた。

「ナニ、食べます?」

「任せるよ」

「わたしも」

ラージャゴーパーラーチャーリーはいくつか料理を選んでチャパ[illegible]仕立てた。

った。

「うはっ」

「おいしいわね」

外食で完食したことのない陽子が、プレートを空にした。これがインドかと円髄は思った。

円髄のインド訪問は、師匠の円方の一言から始まった。

「なんだか、神がかっている寿限無をやる少年がインドにいるってよ」

「はあ…………」

例によって厄介な話になりそうだと円髄は思った。円方が娘の陽子の結婚話を持ち出したときも、同じ口調だった。

「その少年が日本に来りゃ、おもしれえよな。将棋の世界だって最近は、試験でアマからプロになれるっていうじゃないか。落語も大いに改革しなきゃな」

「へえ…………」

「どうだい、ひとつその子を日本に連れてきてくれねえか？　費用は協会が持つ」

落語の世界では、弟子は師匠に口答えしない。ましてや落語協会幹部の円方の言葉は地球より重い。

「ことによっては、おめえさんの真打ち昇進も………」

円髄は唾をごくりと飲んだ。

霊鷲山に着いた円髄一行の影を、夕暮れが長く映した。すぐに色黒の二人の少年が駆け寄り、「エハガキ、ヤスイ」と陽子にまとわりついた。ラージャゴーパーラーチャーリーは少年たちに寿限無のことをヒンディ語で尋ねた。少年の一人はどこかに駆けていき、残った少年は絵葉書を見せて「二百ルピー」と連呼し、陽子は眉根を寄せた。たまらず円髄が財布に手を伸ばすと、陽子がその手をピシャリと叩く。

「無視、無視。キリがない」

ラージャゴーパーラーチャーリーの提案で陽子は車で待つことになり、円髄は外に残ることにした。陽子が車に乗り込んだのを確認し、円髄は少年を手招きして、二百ルピーをさっと渡した。少年はうれしそうに、十枚入りの絵葉書を一組差し出した。痩せた体の少年の目は、思った以上に大きく円髄の目に映った。

「おまえさん、寿限無って、知ってるかい？」

少年は困った顔をした。

「日本語、分かんねえか」

円髄も困った顔をした。


もう一人の少年が戻ってきて、霊鷲山にそういう子供はいないと、ラージャゴーパーラーチャーリーに報告した。

「そんな………バカな」

円髄の血の気が引いた。師匠の円方は、まるで自分の目で見てきたかのように言ったのだ。

「インドの霊鷲山ってところに、観光で来た物好きな旦那が、なにを考えたもんだか、現地の絵葉書売りの少年に、寿限無のさわりを教えたっていうんだ。霊鷲山ってのはな、お釈迦(しゃか)様が説法を………」

絵葉書売りの少年は、覚えたての外国語を面白がり、日本人の観光客を見つけては「寿限無、寿限無」と言ってまわった。これがウケて、少年の絵葉書は飛ぶように売れ、他の少年も真似してみたが、元祖ほどうまくいかない。少年は白い歯をむき出しにして寿限無を繰り返し、次第に独特の抑揚をまとって滑稽さが増した。少年は最初『五劫の擦り切れ』までしか教えてもらわなかったが、そのうち続きを教える観光客がポツポツと現れ、とうとう寿限無の長い名前をすべて覚えた。少年は朝から晩まで寿限無の名を口にし、いつのまにか名人でも太刀打ちできない名調子になっていた。

円髄はその話を露ほども疑わなかった。師匠のありがたいお言葉なのだ。

一行は明日も聞き込みをすることにして、日が落ちる前にホテルに引き上げた。部屋に入ると陽子はトイレに直行し、円髄が声をかけても返事をしなかった。しばらくしてトイレから出てきた陽子は、みぞおちを両手で押さえ、

「あなた、おなか何ともないの？」

となじるように言った。

「ぜったい、あの食堂よ！　間違いないわ！」

陽子は自分の声が腹に響いて、ベッドにうずくまった。

「おい、大丈夫か。病院に行くか？」

陽子はうめき声とともに答えた。

「外国では、病院には、死・ん・で・も、行かない」

円髄は大きくため息をつき、日本から持ってきた薬を陽子に飲ませ、寝息を立てるまで陽子の背中をさすり、いつの間にか自分も眠った。

「もうダメ。痛みが引かない。先に日本に帰るわ」

陽子は泣きそうな顔をしている。

「んなこと言っても………」

このまま一緒に帰国したら無能者、一人で帰国させたら薄情者。真打への昇進もかかっている。はたして、どちらを取るべきか。

そこで円髄は目を覚ました。

「夢か………」

陽子のベッドを見ると、陽子の姿はなく、円髄の枕元に立っていた。午前六時。カーテンの隙間から見えるインドの空はまだ暗い。

「もうダメ。痛みが引かない………」

陽子は夢と同じく、泣きそうな顔をしていた。円髄は悩みに悩んで、腹を決めた。ラージャゴーパーラーチャーリーは円髄の話を聞き、「ヤッテみます」と言って、どうにか午後の東京行きのフライトを確保した。長い人生である。円髄は真打よりも伴侶を選んだ。

「滞在時間はあと二時間。ひょっこり天才少年が現れてくれりゃ、すべてまるく収まるぞ」

円髄は目を真っ赤に燃えたぎらせ、陽子を車の後部座席に寝かせて、霊鷲山に向かった。

霊鷲山には昨日の少年二人に加え、総勢八人の絵葉書売りの少年たちが集まっていた。そのうちの一人がラージャゴーパーラーチャーリーに名乗り出て、寿限無ができると胸を張った。昨日いなかった少年だ。少年の表情は自信に満ちあふれていた。

——たのむぜ、少年よ………

円髄は心の中で手を合わせた。少年は空を見上げ、両腕を広げ、歌うように声を出した。

「ジュム、ジュメム、ジュジュー………」

円髄はがっくり肩を落とし、うらめしい目でラージャゴーパーラーチャーリーに聞く。

「あと、どれくらい時間があるんだ？」

「一時間チョット」

円髄は腕を組んだ。まだ高く上りきらない太陽が熱く照りつける。

「よしっ」

円髄はシャツを脱いで地面に敷き、靴を脱いで正座すると、ラージャゴーパーラーチャーリーに言った。

「これからやることをうまく真似できたら、日本でたらふく飯が食える。そう少年たちに伝えてくれ」

ラージャゴーパーラーチャーリーがヒンディ語で少年たちに伝えると、少年たちはざわつき、円髄を遠巻きに囲んだ。円髄がお手本となる寿限無を始めようとしたとき、一台の観光バスが止まり、日本人の団体がどっと下りた。少年たちはそちらに顔を向け、絵葉書を旗のように振って駆けていった。

「し、しょうがねえ……待つか」

円髄が近づいてくる団体客の様子を見ていると、そのうちの一人が目ざとく円髄に気づいた。

「あれ、噺家さんじゃない。なんて言ったっけ、ほら、あの…………芝浜の人の…………」

しかし、団体客の中で、円髄の名前を正確に口にできた者はいなかった。

――四柳亭は芝浜だけじゃねえってことを、ご覧じあれ！

円髄は咳払いを一つすると、マクラをすっ飛ばし、普段の高座より声を張り上げて寿限無を始めた。

「おっ、なんかやるみたいだぞ」と観光客が円髄を取り囲む。

「寿限無、寿限無、五劫の擦り切れ……長久命の長助が…………」

その日の円髄には勢いがあった。「寿限無」から「長久命の長助」までを日本記録に匹敵する速さで言い切った。観光客はくすくす笑い、つられてインドの少年たちも笑った。ラージャゴーパーラーチャーリーも声を上げて笑う。

インドの太陽は容赦なく円髄を照らし、円髄の体は燃え上がるような熱を帯びた。観客は声を上げ、腹をかかえた。こんなに大きな笑い声を聞いたのは、円髄自身も初めてだった。一世一代の寿限無。サゲまで畳みかけて、円髄が深く頭を下げると、耳の奥まで響く拍手喝采がわいた。団体客は円髄と並んで写真を撮り、サインをねだり、ルピー札を握らせる。

「みなさぁん、時間がないので、もう行きますよぉ」

団体客の添乗員が大声を上げると、団体客は名残惜しそうに去っていき、そして少年たちは団体客についていった。

「おい、おい、ちょっと待って」

少年たちは誰も円髄を振り返らなかった。円髄は敷いていたシャツを拾い、「こんちくしょう」とシャツを足に叩きつけて埃を払うと、目の前に一人の少年が立っているのに気づいた。昨日、円髄に絵葉書を売った少年だ。円髄は喜びに震えた。

「おめえさんは分かってくれたんだな。よし、俺が教えてやる。飯も食わしてやるからよ」

少年は呆気に取られた顔をしている。円髄はラージャゴーパーラーチャーリーに目で助けを求めた。ラージャゴーパーラーチャーリーが円髄の言葉を訳すと、少年は少し考え、「二百ルピー」と手のひらを出した。

「む、前金か……」

円髄は二百ルピーを少年に渡した。少年はくすぐられたように笑って「ジュゲム」と小声で言った。円髄は目を輝かせた。

「いいぞ！　さっきの少年よりずっといい。さあ、続きもやってみよう」

少年は再び金を受け取って、「ジュゲム、ジュゲム」と楽しそうに笑った。円髄の脳裏に、円方の喜ぶ顔が浮かんだ。

「その調子、その調子。次は………」

円髄はゆっくり大きく「ごこうの、すりきれ」と口を動かした。

「ジュゲム、ジュゲム、ジュゲム」

少年は白い歯を光らせて笑った。

「よしよし。後から覚えりゃ、大丈夫。日本に行こうな。心配はいらねえ。面倒なことは、そこの背の高いお兄ちゃんが全部やってくれるから」

円髄は右手を出し、少年に握手を求めた。少年はその手を握り返さずに、自分の胸の前で合掌した。少年の大きな目に、円髄は呑み込まれた。

円髄の手元にはいつの間にか、昨日と同じ絵葉書が三組あり、少年は太陽に向かって歩き始めていた。

「お、おーい、寿限無………」

逆光の少年の後ろ姿に、後光が差している。円髄は少年を追って走り出し、ほどなく立ち止まった。大きく一つ、クシャミが出た。

# 生霊

朱雀門　出

ベッドから上体を起こすと、キッチンに私がいた。

こともあろうか、とっておきのチーズ蒸しパンに、その偽物としか思えない〝私〟が手を伸ばしている。楽しみにしているのに。それで今日という日が頑張れるのに。

「こらっ！」

わかって言っている自分ですら飛び上がるような見事な叱声に、キッチンの私はこちらを振り向いてのけぞっている。その大層に驚く姿に私もベッドで軽くのけぞった。

「生霊？」とキッチンの私が近寄りながら問うてきた。第一印象ではドッペルゲンガーだと思っていたのだが、そう言われれば生霊とも思える。しかし、そのように問うてくるとは解せない。生霊であれば、肉体もない魂だけの分際なのだから、見えはするが喋れはすまいと思ったのだ。どうやらそうではないらしい。

と言うか、偽物が何を言うのだろうか。生霊というならば、それはお前だろうと思う。

「そっちが生霊でしょう」思ったままを言ってやった。

「ちょっと待って。生霊って恨みがある相手に出るんじゃなかったっけ。あんた自分に恨みがあるわけ？」

小癪にも、キッチンの私は口答えしてくる。なんかムカつく。

「生霊って言ったのはあなたでしょうに。私はドッペルゲンガーだと思いましたー」

「じゃあ、あんた死んじゃうじゃない。ドッペルゲンガーを見た者は死んじゃうんじゃないの？　それで良いわけ？」

「良いも何も、それが現実なら仕方ないでしょう」

「何でー。あんた、今どきトイレ共同のこんな安アパートで独り寂しく死んじゃって仕方ないで済ます気？　まだまだこれからでしょうに」

「おやおや、ドッペルゲンガーが説経ですか。じゃあ、現れないで欲しいんですけど」

「それはこっちのセリフですー。勝手に私のベッドで寝ないでよね」

突然、解錠音がしてドアノブがゆっくりと回るのが見えた。

私と私はそれを呆けたように見ていた。ドアが半分開いて、この厭わしい部屋の主の姿が見えたので、二人ともが生霊なんだと気付いて消えた。

# 情報汚染

里田遊利（ゆうり）

ザクっと気持ちのよい音を立て、スコップは灰色の塊（かたまり）の中に入り込む。力を入れて持ち上げ、脇に置いてあったバケツに灰色の塊を放り込んだ。灰色の塊は、乾いた音を立ててバケツの底にぶつかる。

もう一度掬（すく）おうとスコップを動かすと、スコップの先が赤くなり始めていた。ち、と思わず舌打ちが漏れた。

「情報汚染か」

俺は背負っていた鞄からスプレー缶を取り出すと、何度か振る。振った感触からすると、まだ残量はかなりありそうだ。政府から支給されるから財布は痛まないものの、申請から支給されるまでに数週間待たされるから、残量の確認は欠かせない。

俺はスプレー缶をスコップに近づけると、赤くなった場所に振りかける。空気の抜けるような音がすると、すぐに赤みは取れ、元の鈍色が出てきた。

その後、何度かスコップを動かし、バケツに灰色の塊を入れていく。

バケツがいっぱいになると、俺はバケツを持ち上げる。ずっしりとした重みが俺の手にかかる。

この仕事を始めた五十年前よりも、バケツの重みを強く感じるようになった。

振り向くと、すぐ目の前に俺の家が建っている。この家も、かなり草臥れてきている。

バケツを持ったままよろよろと歩くと、すぐに玄関に着く。スコップとバケツを玄関の中のいつもの位置に置くと、その場で何度か跳んで、灰色の塊がどこにもついていないことを確認した。一つでも見逃すと、後で面倒なことになる可能性がある。

リビングに戻って時計を見ると、正午を回っていた。腹は減っていないが、そろそろ昼食にした方がいいだろう。台所に置いてあった、炊飯器の蓋を開ける。今朝炊いた米が一杯分残っていたので、流しに置いてあった茶碗を水ですすぐと、米を盛り付けた。

戸棚を開けて、買い置きしておいた缶詰を取り出す。暖かいおかずなど、もう何年も食べていない。

今日は鯖味噌にすることにした。

昨日も鯖味噌だったか？

いや、一昨日だっただろうか。その前だっただろうか。

なんだが、毎日鯖味噌を食べているような気がする。昨日の記憶すら曖昧になっている。もう何十年も、休日もなく同じ生活をしているせいかもしれない。脳の退化を防ぐには、生活に刺激が必要だと、いつか聞いたことがあるような気がする。

私ももう、年なのだろう。すっかり衰えた。

無理もない。『あれ』が起こってから、もう五十年だ。

その日、出張から帰るために乗っていた飛行機から降りると、インターネットが使えなくなっていることに気が付いた。回線自体は使えたのだが、何も書き込むことはできないし、検索することもできなくなっていたのだ。なんだろう、と思っていると、空から灰色の物体が舞い降りてきた。最初は季節外れの雪かな、と思っていたが、手に取っても溶ける様子はない。

よく見るとそれは文章の切れ端だった。

その日使うことができなくなったのは、インターネットだけではない。

本や新聞から文字はなくなり、メモを取ることもできなくなった。紙にペンを押し当てると、線は書けるものの、意味のある文字を書くことができなかった。様々な機械を制御していたプログラミングも全て無に帰した。

当然、社会は混乱し、世界中で多数の死者が出た。

カーナビは何も表示しなくなったし、自動運転で走っていた車は、ことごとく暴走した。空を飛んでいた飛行機は落ち、クレジットカードは使えなくなる。俺が無事に帰れたのは幸運以外の何物でもない。

二週間ほどでその状況は終わり、世界は元に戻ったが、その時には既に手遅れになっていた。

それまでに人類が全て積み上げてきた情報は、全て無くなり、空から降る灰色の塊に変わってしまったのである。

必死にその情報を繋ぎ合わせ、過去の情報を元に戻そうと活動しているが、その活動は遅々として進まない。それもそうだろう。百科事典に古代遺跡の碑文、夫婦喧嘩のメールから好きな人に宛てて書いたラブレターまで、ありとあらゆる情報が一緒くたになって空から降ってきたのだ。

当然、文明は大きく後退した。

しばらく後、ある学者が一つの説を提唱した。

地球の情報の許容量が風船のように広がり続け、限界が来て爆発したのだ、と。

人類が文字を持ち始めてから、情報量は増え続けている。原始的な記号が使われ始めてから長い年月が過ぎ、活版印刷術の普及やインターネットの浸透など、いくつかの技術革新を経て、地球の情報量は膨大なものとなった。

その学者の論文では、紀元前百年の情報量を一とすると、情報爆発の起きる直前には、五京五千七百十二兆九千七百八十八億四千三百九十一にもなっていたとしている。

その説が正しいかどうかは知らないが、俺の生活がその日から一変したことは間違いない。

俺は貧相な昼食を食べ終わると、玄関に置いてあったバケツを暗室に持って行った。バケツの重さが腰に堪える。若いころは両手にバケツを一つずつ持って軽々と運べたのだが。

この暗室は、俺の仕事部屋である。

暗室に入ると、二重にゴム手袋をはめ、ピンセットを取り出した。分厚いゴム手袋越しにピンセットを操るのは困難だが、安全のためにはしょうがないことである。手袋を二重にするのは、情報汚染が起こった時に、体を守るためだ。

情報汚染とは、その文章の内容が、その文章に触れたものを侵食することである。例えば、『赤い』という言葉が入った文章が触れたスコップが赤くなってしまったり、『悲しい』という言葉が入った文章に触れた人が悲しい気分になってしまったりすることである。

極端な話、『殺』という言葉が、人を殺してしまうこともあるのだ。

物であれば除去剤を使って情報汚染を取り除くことができるのだが、人体には除去剤は使えない。人体に除去剤を振りかけると、その遺伝子情報すら破壊してしまうのだ。情報に汚染され続けるか、遺伝子情報を破壊されて人間ではない何かになるか。究極の二択であろう。

俺はピンセットを使ってバケツの中から一つの文章を拾い上げると、顕微鏡のような機械にそっと乗せる。

この機械は、文章を解読するための専用の機器だ。ガラス面に置いた文章を拡大して見ることができ、読み取った文章にラベルを付けて本部に送信することもできる。

俺はかすむ目に目薬を差すと、顕微鏡を覗き込む。

『次の合コン、お嬢様学校とセッティングしたからお前も来いよ』
俺はため息をつくと、手元の端末に入力していく。
『言語――日本語
ジャンル――一般生活系
概要――合コンの誘い
重要度――低』
次の文章を拾い上げる。
『江戸時代の日本においては、その食文化を維持するため』
テントの端末を操作する。
『言語――日本語
ジャンル――学術系
概要――江戸時代の食文化
重要度――中』
文章を拾い上げ、分類し、ラベリングしていくことが俺の仕事だ。読み取った文章は本部に送られ、専門の人が様々な文章を組み合わせ、意味のある正しい情報にしていく。

こうして過去の情報を再建し、過去の文明を再興するのが目的である。

この活動が始まって五十年も経つが、まだ以前の情報の〇・一パーセントも復旧できていないらしい。もっとも、地上に降った情報すらまだ一パーセントも行っていないという意見もある。毎日のように灰色の塊が降り続け、止む気配がないことがその証拠だという。

この仕事は人類の発展に寄与することができるため、非常に意義のある仕事だとされている。

でも俺がこの仕事をしているのは、ごく私的な理由であった。

俺の体を動かしているのは、情報爆発に続いて起きた様々な事故に巻き込まれて死んだ妻の、最後のメールの内容を知りたい、ということだけである。人類の発展への寄与など、俺には全く価値がない。

情報爆発の起こった直前、俺は仕事で地方に出張に行った帰りの飛行機に乗っていた。当然、携帯電話の電源は切っている。頭の中は妻のことでいっぱいだった。飛行機に乗る前に送った謝罪のメールに、どのような返信がくるのだろうか、と。その日の朝、つまらないことで言い合いになってしまったのである。冷静になると、どう考えても俺が悪かったので、空港で飛行機の時間を待っている間に、謝罪の気持ちをメールに込めて送っていた。

そして、どんな返信がきているか、楽しみ半分怖さ半分で携帯電話の電源を入れると、全てが終わっていた。かろうじて電源は入ったが、出てくる表示はめちゃくちゃだった。その時になってようやく、情報爆発が起こったことを知ったのである。

急いで家に帰ると、妻は家にいなかった。俺を見つけた近所の人が、病院に急ぐように教えてくれたので行ってみると、無残に潰れた妻と対面することになった。

買い物に行く途中、暴走している自動運転車にはねられてしまったのだという。即死だったそうだ。

メールの内容は全て無くなってしまったので、最後に妻が何を言ったかわからない。大量の情報の中からその一文を探し出すことは、海の中から特定の一滴を探すような作業である。空から降る文章は、その情報の発信場所か受信場所に降ることが確率的には多いことが分かっているが、それでも困難な作業だ。

五十年経っても、まだ見つかっていない。

妻の最後のメールを探し出すことだけを目的に、この仕事を続けてきた。いうなれば、彼女の遺言みたいなものだ。

ふと時計を見上げると、作業を始めてから二時間ほど経っていた。

一度休憩しようと伸びをする。肩と腰から気持ちの良い音が鳴った。目をつぶり、瞼（まぶた）の上から眼球を揉（も）む。少ししか作業をしていないのに、疲れが溜まっているようだ。やはり年のせいだろうか。若いころは朝から晩まで続けて作業をしていても大して疲れなかったのに。

食料の調達がてら、散歩に行くことにした。

俺はいつも使っている鞄を背負うと、愛用の傘を持ち、玄関に飾っている妻の写真に手を合わせる。

外では、灰色の塊がちらほらと舞っていた。

傘をさして歩を進めると、道端の木が情報汚染を起こしていた。根元の辺りが水玉模様になっている。汚染範囲からみると、まだ汚染して間もないようだ。

俺は鞄から除去剤を取りだすと、数回振って、情報汚染を起こしている木に振りかけた。すぐに木の色は元の茶色に戻る。

次に虫眼鏡を取り出し、水玉模様になっていた辺りに落ちていた文章を一つ一つ見ていく。

『今年の春のトレンドはこれ！　エレガントでキュートな水玉模様！』

おそらくこれだろう。

俺はこの文章を、慎重にピンセットでつまみ、専用のケースに入れる。このケースは、磁気の力で文章がケースのどこにも当たらないようになっている。

一度情報汚染をした文章は、一度除去してもすぐに汚染してしまう確率が高いと言われている。そのため、道端で見つけたら速やかに処理し、文章を回収する必要がある。

きっとこの文章は、追い詰められたコピーライターが必死に考えたものなのだろう。文章に込められた想いが強い方が情報汚染をする確率が高いそうだ。

大した内容だとは思えないが。

俺はケースを鞄に入れると、再び歩き始めた。

軽い音を立てて、文章が傘に落ちてくる。

『日本代表、奇跡の3連勝でグループリーグ首位通過』

『タカシ君は午前8時に時速pキロメートルで公園に向かいました』

目に留まった文章は一つ一つ確認してしまう。この道は妻が最後に歩いた道だから、ここに探している文章が降ってくる可能性もある。

道の反対側では、大型の車両が数台、大きなホースで除去剤を吹きかけていた。道端の壁から大きな音が鳴っている。中学生か高校生の合唱のようだ。一つのフレーズを何度も繰り返している。卒業式で歌う歌の歌詞カードか何かだろう。情報汚染が始まってから時間が経ってしまうと、あのような大型の車両で大量に除去剤を振りかけなければ取れなくなってしまう。

早期発見、早期対処が原則なのである。

俺は作業員を横目に、行きつけの食料品店に入る。

文明が大きく後退したせいか、生野菜や生魚、生肉といったものは手に入れにくくなっている。店に並ぶことがあっても、俺みたいな平均的な給与しかもらっていない人間には、とても手が届かないような値段だ。

大抵の人は、缶詰を食べて生活している。売り場の九割以上を缶詰が占めているのが、その証拠だろう。缶詰も悪くない。シンプルな味が、逆に何年経っても飽きさせない味になっている。

俺は棚から適当に缶詰を選んでいく。

いつもの店員に無言で挨拶をして金を払うと、店から出ていく。

帰る途中の道で、また情報汚染を見つけた。

『名探偵は激怒した』

激怒する名探偵がいたら、一度会ってみたいものだ。いや、探偵に会ったことすらないが。名探偵だったら、妻の文章がどこにあるのか推理してくれるかもしれない。

家に帰ると、傘を玄関に置く。

妻の写真は、いつも通り笑っていた。

歩きすぎたのか、少しめまいがする。靴を脱いだところで、咳が止まらなくなった。玄関にうずくまって耐えていても、なかなか治まらない。

水を飲まないと。

俺は這うようにして台所に向かう。

口の中が血の味がする。

台所でコップに水を汲み、一度うがいをした。

カラン、という音とともに、何かが口から飛び出した。

この時、俺の中で何かが決定的に変わってしまったような気がした。

吐き出したものを手に取ってみると、奥歯だった。手の中でくるりと回すと、一部分が灰色になっている。

もしかして。

慌てて虫眼鏡で歯にこびり付いた文章を覗き込む。

『気にしないで。今夜のご飯は鯖味噌だよ』

ああ、こんなところにあったのか。

道理で、鯖味噌がおいしいと思った。

# 二代目

橋本喬木

「なんだと、噺家になりたいだと」

◇

厳格な父。

例えば小さい頃、お祭りの屋台で買い食いをする事を許されなかった。なぜなら、砂ぼこりまみれで不衛生だから。例えば電車で座る事を許されなかった。なぜなら、平衡感覚を培うには電車の揺れが一番だから。一事が万事この調子。自分なりの父の理屈で僕は育てられた。

そんな父だから、家で見るテレビもＭＨＫの教養番組ばかり。お笑いなんて見ることはなかったし、漫才や落語というものが存在することさえ知らなかった。

勉強、勉強、そして勉強。おかげで、僕は一流と言われる国立大学に合格した。

何がきっかけだったのか、僕が落語の定席・繁盛亭を訪れたのは一回生の時。

「腹減ったなぁ」

「大きな声で『腹減った』てなこと云いないな、大阪の人間が。そこは、粋言葉、洒落言葉で云わんかい」

「粋言葉、洒落言葉て何や」

「例えばや、『ラハが北山、底でも入れよか』てなこと云うてみぃ、人が聞いても分からんやろ」

「ワイが聞いても分かれへん」

はっきり言ってよく分からなかったし、面白くもなかった。落語って、こんなもんなんだ、と思った。でも途中で帰るのは失礼だと思い、最後までいたんだ。すると、トリに出てきたのは天乃川雷光という落語家。噺は『刻うどん』。それなら、僕だって知っている。でも、たいして面白くない話、そう思っていた。ところが、

「ふっふっふぅ、ずっずるずるずるぅ。グニャグニャやがな。引っ張りな、汁がこぼれるやろ。うどん屋のおっさん、笑ろてるがな」

「笑ろぉてしまへん。どっちか云うたら、気色悪ぅなってまんねん」

「ずっずるずるずるぅ。引っ張りな、ちゅうのに。そない食いたいんか。食いたけりゃ食ぅたらえぇがな、ほれ。『食わいでかい。ワイかて八文払ろたある』」

「一人で何云うてはりますのん。誰ぁれも居てまへんがな。大丈夫でっか」

派手なアクション、大胆な演出。衝撃を受けた。雷光師匠の一言一句全てが面白かった。

「一ツ二ツ三ツ四ツ五ツ六ツ七ツ八ツと、うどん屋、いま何刻や」

「へぇ、五ツで」

「六ツ、七ツ、八ツ、九ツ……」

と、この男、三文損しよった。

知らず知らずのうちに、僕は涙を流して笑いころげていた。

それから一週間、僕は繁盛亭に通い続けた。そして迎えた千秋楽、意を決して楽屋の扉をたたいた。

「兄ちゃんなぁ、そんなええ大学に行ってるんやったら、これからの日本を支える人間にならな。落語家てなこと考えたらアカン」

「でも、笑いは日本を救います。僕、笑いで日本を支えたいんです。だから、弟子にしてください」

「先ずは卒業する事やな」

「えっ」

「それが条件や。大学を出て、それでもワシの弟子になりたいと言うのなら、考えたろ。けど、まだ一週間やろ。一週間で落語家になりたいと思うのんは、気の迷いや。四年も経ったら気持ちも変わる。この世界はなぁ、兄ちゃんみたいな人が来るトコやあらへんのや」

でも、それからの四年で、僕の気持ちが変わることはなかった。

あの日から毎日のように通いはじめ、たくさんの噺を聴いた。でも、やっぱり一番は雷光師匠。僕は落語が好きなんじゃない。師匠の噺が好きなんだ。

そして卒業が決まった春、ようやく僕は弟子入りを許されたんだ。

◇

「なんだと、噺家になりたいだと」

「はい、お父さん」

「何のために、お前を大学までやったと思っているんだ」

「それは、ありがたいと思っています。でも、落語家だって立派な仕事です」

「何を分かったような事を」

「お父さんも師匠の高座を見に来てください。そうすれば分かってもらえますから」

「お前、そんなに噺家になりたいのか」

「はい」

「分かった」

「それなら、許し――」

「出ていけ」

「えっ」

「この親不孝者が。遊芸にうつつをぬかすヤツなど、私の子供じゃない。勘当だ。もう二度と私の前に姿を見せるな」

「お父さん」

◇

「何だ」

「これ」

「これでは分からん」

「チケット」

「映画でも、見に行きたいのか」

「いいえ、あの子の初舞台」

「あの子って誰だ。確かに昔、ウチには息子がいた。しかし一年前に亡くしてしまったからな」

「また、意地をはって。大介の初舞台ですがな。もう許してあげたら」

「チケット、ちょっとこっちへ」

「あの子の晴れ姿、見に行ってくれるんですね。はい、これ」

ビリビリ。

「何をするんです」

「ウチに息子はいないんだ。天乃川落ち太だと。誰だコイツは。そんな見ず知らずの奴の舞台、見る必要はない」

「お父さん」

「何だ、新聞か」

「新聞は新聞なんですけど、ここ」

「テレビ欄がどうかしたのか。そんなものを見なくても、私はＭＨＫしか見ないんだ」

「けど、ここ。ここを見て下さいな」

「天乃川落ち太、だと」

「あの子がテレビに出るんですよ。ＭＨＫの『上方の話芸』っていう番組なんですけど、国立大学出身の噺家は珍しいという事で、出演が決まったんですって」

「あの子って誰だ。確かにウチには息子がいたが、三年前に亡くしたからな」

「また、そんなことを言って。こうして新聞に名前が出るくらい頑張っているんですから」

「そう言えば、受信料の請求書が届いていたな。見せてくれるか」

「急に、どうしたんですか。はい、これ」

ビリビリ。

「何をするんです」

「もうMHKは見ない。だから、払う必要はないんだ」
◇
「うどんはどの店に限らず、二八の十六文って決まったあるのやで。十五文では一文足りひんやないか」

「それぐらいのこと、ワシに任しとかんかい」

「せやかて、一文足らへんがな」

「分かってる。ワシに任しとけ、ちゅうとんねん。丁度(ちょうど)向こうにうどん屋が出たあるがな」


「はっはっは。お父さん、面白いですよ」

「そんなくだらない番組、見る必要はない」

「お父さん、片意地なんだから」

「くだらないモノは、くだらないんだ」

　パチン。

「何しますのん」

「必要のない時は、スイッチを切っておくものだ」

でも、テレビの電源は切られたものの、なぜか録画中を知らせる赤いランプが。

◇

「お父さん、電話」

「MHKの催促か」

「違います、旭放送からなんですけど」

「旭放送がどうした。旭放送も受信料の催促か」

「違います。あの子が上方芸能大賞の新人賞に選ばれたそうで」

「何だ、それは」

「お笑い界のグラミー賞ですがな。大介がその新人賞を受賞したので、親の私らに『何か一言』という事で」

「そうか、なら代わってくれ」

「はい、電話。お父さん、あの子の勘当、解いてあげるんですか」

「すみません。あいにくですが、ウチに息子はおりません。確かに昔バカな息子がいましたが、五年前に亡くしまして。だから、何かの間違いでしょう」

ガシャン。

「お父さん、また電話」

「今度は何だ」

「まぁ、出て下さいな」

「もしもし」

「お父さん」

「その声は」

「天乃川落ち太。いえ、長井大介(ながいだいすけ)。お父さんの一人息子です」

「はて。確かに昔ウチには大介という息子はおりましたが、五年前に亡くしてしまいまして」

「お父さん、お願いだから電話を切らないで。報告したい事があるから。僕、上方芸能大賞の新人賞を貰ってね、そしてそれに合わせて、二代目の天乃川流星(りゅうせい)を襲名する事になったんだ。この名前は師匠が雷光を襲名する前の名跡(みょうせき)で、とてもいい名前なんだ。

つまり師匠にも認められたって事で、凄い話なんだ。ねぇお父さん、聞いてる」

「……」

「それで、襲名披露興行を打つことになったんだけど、見に来てくれないかな」

「……」

「もし来てもらえなくても、その様子は旭放送で生放送されるんだ。だから、せめてテレビで」

ガシャン。

◇

「運転手さん、もう少し急いでくれないかな」

「と言ってもねぇ、これでも結構急いでるんですがねぇ」

「頼むよ。今日はとても大切な日なんだ、僕の襲名披露だから、絶対に遅れることはできないんだ。ね、頼むからさぁ、もう少し急いでくれないかなぁ」

◇

「おい、どないしたんや。落ち太のヤツ、遅いやないかい」

「あっ、師匠」

「架け橋か。で、落ち太はどないしてん。あいつ、自分の襲名披露がどれだけ大切か、分かってへんのかいな」

「それが師匠、落ち太が、落ち太が」

「どうかしたんかい」

「車の事故で」

「事故」

「詳しい事はまだ分からないんですが、ここに来る途中、事故に巻き込まれたようで、それで」

「それで」

「命を」

「命がどないしてん」

「落としてしまったようなんです」

◇

生放送の予定は急遽差し替えられた。そして、意味のない番組の画面下には、

『天乃川落ち太、交通事故で急死。なお、落ち太は襲名披露のためタクシーで移動中、

事故に巻き込まれた模様。繰り返します。天乃川落ち太、交通事故で急死……』

というテロップが流れ続けていた。

すると、それまで黙って画面を見続けていた男が突然、

「うどんはどの店に限らず、二八の十六文って決まったあるのやで。十五文では一文足りひんやないか」

「それぐらいのこと、ワシに任しとかんかい」

「せやかて、一文足らへんがな」

「分かってる。ワシに任しとけ、ちゅうとんねん。丁度向こうにうどん屋が出たあるがな」

と話しはじめた。それは、大介の父。息子がテレビに初出演した時のネタを聞き覚えたものだった。

「お父さん」

その様子を部屋の外から眺めていた母が言葉を漏らした。

「夜中にゴソゴソと起きだして、何かを見ていると思ったら。落ち太の事を、いいえ、大介の事を気にかけてくれていたんですね」

「ふっふっふぅ、ずっずるずるずるぅ。グニャグニャやがな。引っ張りな、汁がこぼれるやろ。うどん屋のおっさん、笑ろてるがな」

「笑ろぉてしまへん。どっちか云うたら、気色悪ぅなってまんねん」

「ずっずるずるずるぅ。引っ張りな、ちゅうのに。そない食いたいんか。食いたけりゃ食ぅたらええがな、ほれ。『食わいでかい。ワイかて八文払ろたある』」

「一人で何云うてはりますのん。誰ぁれも居てまへんがな。大丈夫でっか……」

「……」

「大介……」

グスン。

「大介、何で死んでしまったんだ、私より先に。大介、この親不孝者が」

◇

あれから数年が経ったあるハレの日。旭放送の特設舞台で、襲名披露興行が打たれていた。

師匠連からの祝い言葉を受けた後、

「えー、この度、二代目を襲名いたしました天乃川流星でございます」

静かに頭をあげたその顔は……、大介の父。

# 作家の木

藤本　直(すなお)

「ジョン・ポーター（一九一三―一九六〇）、優しい夫であり偉大なる作家、ここに眠る」。

こう記された墓石は、既に見舞う客もおらず、朽ち行くままになっていた。

ジョン・ポーターは作家だった。『ニューヨーカー』や『ヒッチコック・マガジン』など転々と雑誌を渡り歩きながら、短編を書いていた。しかし、長編作品は一本もなく、他の仲間が次々と文名を上げる中、一人取り残されていた。酒浸りになり、心臓を悪くして急死した。家族からも嫌われ、彼の死を悼(いた)む者は一人もいなかった。

ただ、土に埋められてからも彼の脳は死んではいなかった。「ここから出してくれ！」と叫びたくても、発声器官は滅びている。手を動かそうにも神経に電気を通して指令を身体中に行き渡すことができない。もっとも、手を動かせたとしても棺(ひつぎ)を圧する土は重く、やせ細った腕ではそれを持ち上げることも叶わないが。

万策尽き、脳は脱出することを諦めた。彼の脳は闇ではなく、広い空間を求めた。生前のように空想の世界に逃れることに決めた。想像力を使えば、黄河を渡ることもエベレストを登頂することも可能だ。花畑を思い浮かべ、流れゆく時間を広々とした世界で過ごした。

それに植物が反応した。墓の近くにあったリンゴの木が根から伝わるジョン・ポーターの脳内世界を読み取ったのだ。リンゴは子孫を残すなら、このような住みよい土地が良いだろうと考えた。木は実を落とした。

墓場には誰も通わないため、実は雨風に晒され腐っていき、朽ちていく。実が形を失う頃には、種が地中深く潜っていった。種は土の重さで破壊された棺を通り抜け、彼の脳に達した。脳を保護していた頭蓋骨は脆くなり、侵入は用意だった。種と脳は融合し、脳の寿命はさらに伸びた。

そして、雨水がもたらされた。種は芽をふき、それが木となるには時間がかからなかった。やがて、ジョン・ポーターの墓石が消えたころには、それは立派な木になった。

墓場は豊かな森となり、多くの人々がピクニックに訪れた。その中にサリーという少女がいた。サリーは親から離れて、森を探検した。サリーは大量に実を落としている木を発見した。ちょうど、手元に落ちてきたので、恐る恐るサリーは実を食べた。

すると、突然、頭の中に見たこともない世界が思い浮かんだ。それはサリーが学校で教わったどの世界とも違っていた。サリーが再び実をかじると、知らない少女がその世界を探検している。

ピクニックから帰ったあと、サリーはその世界を舞台に小説を書き始めた。娘の突然の行動に両親は悩んだ。「娘がわけも分からない空想に熱中している」と、母親はSNSに愚痴を書き込んだ。偶然、それを目にした出版エージェントはサリーの両親に小説を見せてもらうよう頼み込んだ。彼は小説に秘められた価値を見出し、十三の出版社を周り、高値で買い取らせることに成功した。満を持して出版されると、すぐに世界中の人々がその小説に魅了された。

世界的に有名になったサリーは、その後も数々の作品を書き、老衰によって亡くなった。遺言により、彼女の墓は木の隣に作られた。

彼女を慕う読者は大勢いた。サリーの死を人々は悲しみ、墓を訪れる人は絶えない。サリーの作品はその後も版を重ね、ますます人々が訪れる。そして人々は墓の隣にたくさんの実をつける木を発見した。その実を食べると、物語が頭に浮かぶ。人々はサリーが木に宿ったのだと喜んだ。

その後、地図には「作家の木」と記された。

# 宝船

荒居 蘭

山から吹き下ろすつめたい風が、浜辺の松林を駆け抜ける。

その物悲しい音に思わず振り向くと、白いもやが頂（いただき）を乗りこえてやって来るのが見えた。栓を抜いたみたいに霧はとめどなく吹きだし、冬枯れの山に一筋の道をつくりながらもうもうと押し寄せてくる。なるほど、これが。

「遠川（とおかわ）あらし、ですか」

森で湧いた霧が川づたいに滑り降り、一気に海へと流れこむこの現象は、どういうわけか正月一日の早朝にしか見られない。毎年この日になる山の神が白蛇（はくじゃ）にまたがり、海の神に逢いに行く——そんな神話があってもおかしくない、おごそかな眺めだ。

ぼくが素直な感想を口にすると、村長は、

「これから、もっとスゲェもんが見られるさ」と白い歯を見せた。

そうだ。ぼくはそのスゲェもんを見に、この海と山に護（まも）られた漁村にやって来たのだ。浜はすでに大勢の村人でにぎわい、そのときを今か今かと待っている。

「海のほうも、ずいぶん霧が濃くなってきましたね」

「いや。こいつは海霧じゃない。蜃（しん）の吐く気だ。」

「シン？」

「蜃気楼の蜃だよ。蛤（はまぐり）の親分みたいなヤツで、この辺の海のヌシだな。そいつの吐く気に、不思議な風景が映る……といわれている」

「ああ。〈蜃の吐く気が見せる楼閣（ろうかく）〉だから、蜃気楼ですか。そんな語源があったなんて、ちっとも知らなかった」

海の底に、蛤ひとつ。

力士みたいにどんとあぐらをかき、さかんに気を吐くお化け貝を想像して、ぼくはちょっと笑った。

「蜃の気はいわば海の霊気だ。そいつが山の神の霊気と交わると」

——さあ、来るぞ。

濃霧から黒い影がにじみ出す。

インクの染みのようだったそれは次第に陰影をともない、海上に巨大な船を描き出した。

帆をいっぱいに張っているのに、風に逆らって走るあれは。

ああ、あれは。

「幽霊船！」

「あながち間違いじゃねえ……が。ありゃあ宝船よ」

空も海も腕の悪い画家が混ぜた絵の具のようになって、その向こうに太陽の光が頼りなく透けている。その不吉な光のもと、大勢の人々が甲板を行き交っているのが見えた。

色とりどりの珊瑚で髪を飾り、颯爽と歩く老婦人。

釣り針でできた鎧で身を固めた男。

海藻をまとっただけの若い女は、なにかの罰のようにずっと逆立ちをしている。像にところどころ歪みがあるらしく、誰かがそこを通るたびにぐにゃりと顔が潰れたり、胴体がへしゃげて見える。

小山ほどもあろうかという巨大な船なのに、船体のきしむ音も、波を裂く音もない。船員の威勢のいいかけ声も、乗客の華やいだ声もない。視覚は圧倒的な量感を捉えているのに、他の感覚に届くのはうすぼんやりとした気配のみなのだ。そのくせ行き交う人々の足取りはみな軽く、船全体に奇妙な、昏い活気がみなぎっている。

まるで悪魔が繰り出す奇術だと言うと、村長はかぶりを振った。

「あいつらは、海で命を落とした亡者だ」

漁師だったぼくの両親は、操業中の事故で亡くなった。遺体はあがらなかった――らしい。まだ赤ん坊だったぼくはふるさとの村を離れ、街で暮らす叔母夫婦に育てられた。

出生を知らされたのは、成人の誕生日を迎えたその日のことだ。叔母が差し出した写真にはハイキング帽を小粋にかけた男女が写っており、ぼくに向かって穏やかにほほえみかけていた。

「あなたの、ほんとうのお父さんとお母さん。結婚前の写真だけど」

驚きも混乱もショックもあったが、気持ちがささくれ立つようなことはなかった。わが子同然に育ててくれた今の両親に感謝しこそすれ、反発したり、まして恨んだりする理由など一ミクロンもない。

叔母は、生まれ故郷を訪ねるよう強くすすめてくれた。特に遠川あらしと、それに続く不可思議な現象はかならず見ておくように、と。

ぼくも自分がどこから来たのかを知りたいし、知るべきだとも思う。大学はちょうど冬休み。叔母を通じて村長に連絡を取り、そして――。

沖を航行していたはずの船はあっという間に岸に近づき、ぼくらの目の前を横切る。船内のいたるところに黒く塗られた提燈が揺れており、得体の知れぬ穴が無数に穿たれているようにも見えた。

「おい、見てみろ。あの、船にどっさり積まれてる箱な。あれ、千両箱だよ。言い伝えによると中は蛤の貝殻でいっぱいらしい」

「貝殻ですか」

「海で死んだもんの弔いを出すときな、この辺りじゃあ棺桶に蛤の貝殻を入れるんだ。死人に持たせるカネだな。あの世に行ってまで貧乏しないように」

「それで〈宝船〉」

「まあ、それもあるが……けど、ほんとうの宝は別にある」

巨船は浅瀬でも座礁することなく、その身を岸にこすりつけるようにして行き過ぎ、やがて。

——なんだ、あれは。

船が、船が。

川づたいに、山をのぼっていくではないか。

重力に逆らい、流れ落ちる霧を掻き分けて。

「あの船はな。山を目指して、そこで積荷を降ろすんだ。ちょうど鮭が生まれ故郷の川に還るみたいにさ」

「積荷ってその、ほんとうの宝？」

「そうだ。山の頂(いただき)で、乗客が何人か降りる——といわれている。海で死んだ者が下船して、もう一度この村に生まれてくるんだ」

船が尾根の向こう側に姿を消すと霧はうそのように晴れ、天と地と海がわかたれた。午前の新鮮な光を受け、海面は銀の盆を沈めたみたいにぴかぴか光っている。

この村では、やはり蛤は特別な生きものであるらしい。浜を掘ればおもしろいほど獲れるが、ふだんは禁漁なのだという。

村長は、夜は宴会だから腹を空かせておけと言った。

「蛤は蜃の眷属だから、獲ると海が荒れるんだよ。食っていいのは今日だけ」

スゲェうまいぞと村長は胸を張った。うれしいことに、ぼくのふるさとはスゲェもんが多い。

日が落ちたころ集会場に向かうと、すっかり宴の支度が整っていた。卓いっぱいに蛤料理が並んでいる。葬式で使う貝殻のカネは、きっと正月料理の副産物なのだろう。乾杯の音頭を待てず、子どもたちは勝手にジュースの瓶をあけて、さっそく一杯はじめている。

「ねえ村長さん」

もしかすると、あの子らも。

「船が運んできた宝、なんですかね」

「そうだな。けど、あいつらだけじゃない。おれも、お前も」

海と山の霊気が交わるところから来た。そうだといい――と、ぼくも思う。

ぼくの父さんと母さんも、宝船に乗っていつかこの村に還ってくるのだろうか。長い航海の果てに、この村の女の胎に宿るのだろうか。

乾杯を終えて汁椀に手をのばす。帆掛け船をあしらった、美しい器だ。

蓋をひらくと。

ふわり。

湯気のむこうに、懐かしい笑顔がふたつ。浮かんで消えた。

巻貝の帽子を小粋にかけて。

椀の底には、蛤ひとつ。

# 長い夜の終わりとはじまり

黒木あるじ

　そのウイルスは類まれなる博愛主義者とみえて、老若男女も国も人種も貧富も区別なく、平等に尊い命を奪っていった。驚くべきことにこの情け深い死神は、人類のみに苛烈な運命を負わせることさえ是としなかった。長い夜に棲まう者――すなわち、人類が〈吸血鬼〉と呼び習わす種族も悲運な宿主のひとつに選んだのである。

　ところが、かの種族は幸か不幸か〈死〉の概念を持たなかった。聖なる十字架で身を焦がし、陽光によって灰燼と化すことはあれども、それはあくまで一時的な〈消失〉に過ぎず、ゆえにホモ・サピエンスが見舞われた多臓器疾患や免疫不全による生命活動の停止は、ただの一件も発生しなかったのだ。

　では「吸血鬼にとってウイルスは脅威ではなかったのか」と問われれば、答えは否と言わざるを得ない。感染した長夜の住人はあますところなく、彼らにとって〈死〉に準ずる症状に襲われたからだ。人類が呼吸によって生命活動を維持するがごとく、かの種族はその誇り高き名が示すとおり〈吸血〉行為によって命の灯を燃やし続けていた。つまりは生の対義語が死であるように、吸血と真逆の行為——喩えるならば〈注血〉をおこなうようになったのである。

通常、吸血鬼は哺乳類の犬歯にあたる部位を捕食者の動脈へと挿入し、細管を用いて血液を吸入する。これはアルブミンなど血漿タンパク質の摂取を目的としている。ところがウイルスに感染した場合、これらのタンパク質は体内で変性し、人間でいうところの中枢神経に強く作用する。結果、脳から送られた〈吸う〉という信号は無意識のうちに〈注ぐ〉信号へと置き換えられ、おのれの意思とは裏腹に、自身の血液——厳密には人類の血液と多くの共通項を持つ体液だが——を捕食者の血管内へと逆流させてしまうのだ。

斯くして誉れある〈血を吸う鬼〉は、彼ら自身も気づかぬまま〈血を注ぐ鬼〉へと転生した。夕暮れのように音もなく近づき、月光のようにそっと相手を包み、眠りのようにひっそり捕縛する……襲撃までの動作は吸血鬼時代のそれと変わらない。異なるのは〈吸う〉か〈注ぐ〉かの一点のみ。しかし、その一点こそが大いなる変化をもたらした。

捕食された人間は基本的に、枯れる。老木のごとく肌から瑞々しさを失い、古代の木乃伊さながらに黄色く乾涸びてしまう。吸われた血が少ない場合も貧血で昏倒し、吸血量が過剰であった際は失血を経て死を迎える。而して、それが逆転したということは――。

捕食者は活きるのだ。生きかえるのだ。

なにしろ不死者の体液である。軽く注がれた者ですら萎れた目に光を取り戻し、大量に注がれた者にいたっては腐りかけの肺に再び血がかよいはじめた。永遠の死を払拭することこそ叶わなかったものの、昏睡の淵から息を吹きかえすだけの力は獲得したのである。もっとも、残念ながらこの興味深い現象に気づく人類は誰もいなかった。長夜の一族が暗躍にすこぶる長けていたのに加え、人々は見えざる敵との闘いに明け暮れており、些事に目を向ける時間などなかったからだ。

〈注血鬼〉の発生からほどなく、死の際にあった人類はウイルスの猛攻から解放されはじめる。この段になって漸く、一部の賢しい〈注血鬼〉は種族の変異とその意味するところを悟った。もしや自分たちは人類にとっての免疫だったのではないか。餌たる彼らに血を注ぐことで免疫細胞に働きかける、まさしくワクチンだったのではないか。人類に未曾有の危機が訪れた場合にそなえ、いにしえより用意されていた存在なのではないか。それゆえに闇の奥底で生きることを許されてきたのではないか——。

確信に近い疑問——けれども正解を持つ者はおらず、仮に答えが与えられたとしても結果は変わらなかった。彼らはすでに、崖から飛んで落下している最中だったからだ。斯くして長夜の一族は文字どおり心血を注いだすえ、全滅したのである。人類にすべてを与え、その長い長い夜を終えたのである。

さて、いっぽう愚かなる人類はウイルス打破を自身の力によるものと信じて疑わなかった。科学の勝利を無邪気に喜ぶ博士、おのが信仰の賜物だと高らかに謳う教祖、偽りの功績を恥ずかしげもなく喧伝する大臣、幼い我が子の無事にそっと涙をこぼす母親。みなが狂喜し、安堵し、やがて再び冬を迎えるころには、ほぼ全員があの悲劇を忘れていた。そんな人々を眺めながら、いま——。

わたしは微笑んでいる。

さあ諸君、いまこそすべてを明かしてやろう。留めていた真実をつまびらかにしてあげよう。君たちは助かったのではない。救われたわけではない。

長夜の一族が闇への隠遁を選択したのに対し、私たちは人類と共存する道を選んだ。

何世紀ものあいだ本性を隠し、人の姿に擬態しながら慎ましやかに暮らしてきた。先に断言する。恐れたのは君たちではなく――銀だ。高い殺菌作用を持ち、その美しさからしばしば月光に喩えられ、そして我が一族の体内に入ると過剰な免疫反応をもたらす、あの忌まわしい金属だ。銀に対する無力さを自覚していたがゆえ、私たちは気の遠くなるような計画を実行することができたのだ。ウイルスを利用した〈種の変換〉を試みるにいたったのだ。そして――それはみごとに成功した。

もうお気づきだろう。かのウイルスが作用したのは人類や吸血鬼だけではない。我々もまた変異したのだ。抗体をそなえた私たちに、もはや銀の弾丸は効かない。人の世を照らす太陽はもうのぼらない。月も二度と輝きはしない。今日から新しい夜がはじまる。長い長い夜の帳が下りる。

さあ、そろそろお別れの時間だ――。

小国の宰相である彼はそんな言葉で演説を終えると、国際会議場に集まった各国代表が呆然と見守るなかで、ゆっくりとスーツを脱いだ。

皆が声をあげるまもなく、宰相が全身を灰色の毛に覆われた半人半獣――人狼の姿に変わっていく。鋭い爪と、唇から覗く牙がぎらぎらと光っていた。

もはや人類が見ることのかなわない月光のように、青く青く輝いていた。

辰也が黙っているのをいいことに、上司の説教はますます熱を帯びてくる。

「君は覇気が無さすぎる。顔色も悪いし、清潔感もない。そのうえ表情も乏しい。いい大人なのに常識というものがない。君が店先に出ると客が退くんだよ。顔を変えろとは言わないが、せめて接客態度くらい直したらどうだ。客商売には向いてないぞ。どうしてこの仕事を選んだんだ？　はっきり言ってまわりが迷惑するんだよ！」

辰也は叱責の声を頭を下げて聞いていた。聞きたくなかったが、どうしたって耳には入ってくる。ねちねちとした口調も厭味だし、顔を上げたらきっと上司の醜悪な笑顔を見ることになる。そう、こいつは笑いながら部下を叱るんだ。

左腕を、そっと撫でる。ずっと我慢してきたが、もう限界だ。これだけはやりたくなかったが。

辰也は顔を上げると、なおも文句を言い続ける上司に向かって左手を差し出した。

「なんだ？　何の真似だ？　反論するなら口で言え。俺に手を出したらどうなるか
──」

それ以上、言わせない。辰也は気を籠めて、撃った。

腕の袖口から黒い炎が噴き出す。それは一瞬で上司の体を包み、焼いた。

炎は瞬時に消える。上司は何が起きたのかわからないで眼を瞬いている。

「……もういい。これから気をつけてくれよな」

勢いを削がれた上司は辰也を解放した。

翌日、その上司は出社しなかった。突然会社を辞めたのだ。

「あいつ、何の連絡もしないで退職届だけメールで送ってきたらしいぜ」

ロッカールームで同僚が噂話をしていた。

「なんだそれ？　使い込みでもしたのか」

「そうじゃないみたいだ。でも課長があいつのマンションに行ってみたら、もう引っ越していなくなってたそうだ」

「ひどいな。でも、ちょっとホッとする話だ。俺、あいつ苦手だったんだ。うるさくて

さ」

「俺も。大嫌いだった。なあ道山、おまえもそうだろ？」

同僚が辰也に話を振ってくる。

「おまえなんか、よく怒鳴られたもんな。昨日もやられてたろ。あんなのいなくなって、清々するよな」

「まあ、ね」

適当に相槌を打ち、彼らと話を合わせた。その日は誰にもどやしつけられることなく、仕事を終えた。

コンビニで買った弁当と缶チューハイのレジ袋を提げてアパートに戻った。ひとりでもそもそと食事を済ませると、辰也はおもむろにシャツの袖を捲った。

左腕の内側に黒い模様のようなものがある。肘の裏側から手首にかけて、それはまるで龍が飛翔しているように見えた。

いや、見えるのではない。辰也は心の中で言った。これは本物の龍だ。

幼い頃から、龍は彼の腕にいた。最初は痣だと思った。だがただの痣なら、体が成長するに従って相対的に小さくなるはずだ。なのにこの黒い模様は大人になっても肘から手首にかけてを覆っていた。彼と一緒にこの龍も成長しているのだ。

龍は、辰也に特別な力を与えた。

初めてその力を使ったのは小学生のときだった。腕の模様を理由に彼を笑い物にする同級生の手を振り払うために左腕を振るった。その瞬間、腕の龍は辰也の体から飛び立ち、黒い炎となって相手を襲った。辰也はあまりの恐ろしさに悲鳴をあげた。

次の日、突然いじめっ子は転校していき、辰也の前から姿を消した。

それが龍の力なのかどうか、最初はわからなかった。だが中学のとき、彼から金を強請(ゆす)り取ろうとした不良たちに向かって〝力〟を放ったとき、それは確信となった。不良たちは皆、補導されて少年院へと送られたのだ。

こうして辰也は、自分を害する者たちへの最高の報復手段を身につけていることを実感した。それが自身を救ってくれたことも、これまでに何度かあった。

しかし彼は、そのことをあまり喜ばなかった。可能なら、この力を使いたくはなかったのだ。なぜなら……。

「おい、急に辞めたあいつのこと、聞いたか」

職場でまた同僚たちが噂をしている。

「あいつ、宝くじが当たったんだってさ。今じゃ億万長者だ」

「へえ、だからさっさと会社を辞めたのか。俺も少しは分け前が欲しかったよ」

「なに言ってんだ。大嫌いだったとか言ってたくせに」

彼らの話を、辰也は背中越しに聞きながら溜息をついた。やっぱり、そうなったか。

思えば、最初に龍の炎に焼かれたいじめっ子がいなくなったのは、母親が家庭内暴力を振るう父親から自分と息子を守るために家を出たからだった。その後いじめっ子は真面目な社会人となり、大会社の管理職となって裕福に暮らしていると聞いた。

辰也から金を強請ろうとした不良たちは少年院で立派に更生し、今ではバンドを組んで日本中のアリーナを満員御礼(おんれい)にしているという。

そう。龍の力には〝副作用〟があった。炎に焼かれた者は皆、幸運を摑んで幸せになっているのだ。

なんと皮肉なことか。憎らしい相手を目の前から遠ざけるためには、彼らを幸せにしなければならない。それが辰也には耐えられなかった。

あんな奴ら、できれば不幸になってほしい。でも追い払うには、幸福を授けるしかないのだ。

辰也は自分の力を呪った。こんな複雑な気持ちにさせられるなんて。俺なんか、一度だって幸せになったこともないのに。

いつものように缶チューハイを空けながら、辰也は呪いの言葉を吐いた。

「くそくらえだ！　俺だって、幸せになりたいんだ！」

幸せに……。

そのとき、ふと気づいた。そうだ。

辰也は左腕を自分の頭に向けた。なぜ今まで思いつかなかったのか。こうすればいいんじゃないか。

彼は笑いながら、左腕の龍を自身に向けて放った。

三日後、辰也のアパートを会社の新しい上司が訪ねてきた。ずっと無断欠勤を続けている彼のことを心配してやってきたのだ。新しい上司は部下思いの優しい人間だった。

部屋の鍵は開いていた。不審に思った上司は中に入り、部屋の中央に座り込んでいる辰也を見つけた。

「おい、どうした？　道山辰也君！」

呼びかけられた辰也は、ゆるゆると振り向いた。

「道山……辰也？　誰ですかそれ？　そんな人間、ここにはいませんよ」

辰也の返答に驚いた上司は、救急車を呼ぶために部屋を飛び出した。

その後ろ姿を見ながら辰也は、笑っていた。

「道山……辰也……そんなの、いませんよ……はははは」

その表情は、とても幸せそうだった。

# 横笛

江坂　遊

信州の山間、森の奥深くに、白水神社はあった。

凍り付くような冷たい空気の中を、美しい笛の音が聞こえてくる。白水神社に仕える巫女、横笛の笛の音である。

豊かに波打つ黒髪、花弁のような面立ちに切れ長の目、その中にある瞳は凛とした輝きを放っている。吹き手の艶やかさもさることながら、その篠笛の音色の美しさはたとえようもなく、諸国一と評判が高い。神社の祭事には、遠国から噂を聞き付けて大勢の人びとが集まった。

横笛は、篠竹でできた真直ぐで硬い笛を吹く。だが笛は、祭りでは浮き立つ音色とともに楽しそうにうねり、友を送る折には悲しい音色とともに、小さく打ち震えているように見えた。

白水神社の宮司(ぐうじ)、吉木宣水(よしきのぶみず)は、嫡男の雅水(まさみず)ともども、横笛を大切にしていた。幼い頃より、横笛の笛に合わせて扇子(せんす)を自在に使い、足どりかろやかに舞う雅水、その息の合った仲睦(なかむつ)まじい姿を温かく見守ってきた。いずれ二人を夫婦とし、神社を継いでもらいたい、古(いにしえ)より伝わる宝物の能管(のうかん)を横笛に吹いてもらいたいと強く願っていた。

いつもと変わらぬ夕暮れ時のこと。

評判を聞き付けた国司(こくし)が突然に参宮し、玉砂利が敷き詰められた境内で、横笛を呼び止めた。

「ここで篠笛を吹いて、聞かせてみよ」

国司は、有無(うむ)を言わせぬ強い口調でそう命じた。

横笛の胸の中は、ざわざわ音を立てて黒雲が渦巻き、得体のしれない恐ろしさでいっぱいになった。

横笛は、不安で今にも潰れそうな自分を奮い立たせようと、深く静かに息を吸い込むと胸を張り、唇をキッと堅く結んだ。

「これより――」

横笛は笛の唄口に唇を当て、「ひゅっ」と強く吹いた。その一音で横笛の音は宙を裂いて走り、龍と変り、月にも届こうかという勢いを得た。その一音で横笛の力量をうかがい知るには十分だった。

国司は顎を指でつまみながら満足そうにうなずいた。

「よし。そなたを、わしのところであずかることにする。神社には、相応の寄進をいたそう」

国司はそう言うと、伴の者を置いて早々に立ち去った。

――いったいこれは？ なにゆえ、そんなことになってしまうのか――

横笛は全身から力が抜けると、右に左に身体が揺れ、玉砂利の上に膝と手をついた。

ひと月もしないうちに、神社に新しい宮司が着任し、宣水は引っ立てられ、国司の屋敷牢に囚われの身となった。そして嫡男雅水の身柄は、上方の神社に移された。

「国司さま、これはあまりにむごい仕打ちではありませんか。横笛はこうしてこのお屋敷に上がっておりますのに」

額を砂利に押し付け幾度もそう懇願してみたが、やすやすと横笛の願いを聞き届ける国司ではなかった。

国司は、屋敷に置いた横笛を金に糸目をつけず着飾らせた。横笛の美しさはさらに磨きがかかり、海を越えた国にもその評判は届いたほどだ。横笛を誇りと思う気持ちは日毎に増し、ついに長年連れ添った妻を里に帰し、横笛を正妻として迎え入れることに決めてしまった。

国司と横笛の祝言をあげる日が近づいてきた。村人も祝いの宴を庭に入って見ることが許されると知り、横笛の美しい花嫁姿を目に焼き付け、間近でその行く末が幸せであるようにと祈りたいと、その日を待ち望む者も多くなってきた。

横笛が廊下のすれ違いざま、国司にひれ伏して、こう言った。

「お願いがあります。こうなったからには、どうか、わたくしの願いをただひとつだけでも、お聞き入れいただけないでしょうか」

「叶えられるものと、叶えてやれぬものがある」

国司の目は変わらず険しかった。

「わたくしの楽しみはたったひとつしかございません。笛を吹くこと、ただそれにつきます。あなたさまとの祝言の日に、あの白水神社に伝わる能管を吹いて、お祝いに集まってくださった方々の恩に報い、わたくし自身も宴を楽しみたく思うのですが」

「おお、それは良い心掛けだ。古より伝わるあの能管の音を聞いてみたいとわしも思っていた。妙(たえ)なる調べが、わしたちの祝言に花を添えることになるだろう」

国司は横笛の趣向を気に入り、すぐに許しを与えた。

横笛の申し出に気をよくした国司は、元の宮司、宣水を牢から出し、横笛の機嫌をとった。やっと解き放たれた宣水は、牢番から聞き出した雅水の居所を横笛にそっと耳打ちした。

祝言の日。

大勢の祝い客が集まってくるのを眺めながら、国司は悦に入っていた。宴の席は、松の緑、曲がりくねった老梅の枝に、白梅が明かりを灯(とも)す、自慢の庭に面して設(しつら)えられた。もてなしの膳が宴席に所狭しと、並べられている。

「目と鼻がまず楽しんでいるわい。残す楽しみは、耳となろうか」

と国司は白扇(はくせん)でポンと膝を叩いた。

白水神社の宝物、能管を初めて手にした横笛の姿には、この世のものとは思えぬほどの気高い美しさがあった。花びらのような面(おもて)に優雅な微笑みをたたえ、頬はうす紅に染まっている。

「これが、あの夢にまで見た伝説の笛か。思いが強ければ、わたしを変えてくれる、と伝わる笛。もはや、何が起ころうとも受け容れてみよう」

横笛は、胸を高鳴らせ、細く白い手を能管に添え、ゆっくり唇を当てた。心は清く澄み、身体を流れる血さえ無垢な白色に変っていくような、そんな妙な気分になった。能管の方が横笛の身体を吸い寄せている。もはや、どこからが女身でどこからが笛なのか、その境があいまいになりだしていた。

祝いの客は全身を耳にして、笛の音を待つ。

すると、透き通るように澄んだ笛の音が、すうっと低く長くたなびき、響き渡る。

そのときだった。笛の先端の巻から、小さな白蛇がぬうっと頭をつき出した。そして、笛からだらりと垂れさがったかと思うと、それはぽたりと玉砂利の上に落ちた。

「おおっ、奇なり、奇なり」

祝い客がどよめいた。

白蛇は、そんな人々の足元をたくみにすり抜け、屋敷の外に出た。近くを流れる小川へ身体をしならせて進んだ。やっと水の匂いをかぎつけると、ためらいなくその身を宙に躍らせた。白蛇の姿は波しぶきの白い色の中に溶け込み、すぐに見えなくなった。

笛の音が止んでいる。

祝いの客は色めき立ち、呆けた顔をした国司は、はっと我に返った。

——これはいったい、何ごとが起こったのか？——

傍らの横笛はというと、色を失い、異様な姿に変っている。

国司は、横笛の肩に手を掛けようとした。と同時に、横笛のようなものは、がさがさと妙な音を立てて潰れて落ちた。それを摑みあげると、その奇なるものは、人の姿かたちに似てはいたが、ごわごわとして透けて向こうが見透せる、蛇の抜け殻そのものだった。

「ああっ、横笛は能管を通して脱け身し、わしからまんまと逃げおおせおった」

国司は口から泡を吹き、あわてて能管を吹いてみたが、何も起こらないので打ち捨てた。今度はにわかに、悪童のように訳の分からない言葉をわめきたてると、脱皮するがごとく花婿装束を脱ぎ捨て、必死の形相でそこら中を駆け回った。

夜ふけとなり、変った趣向の宴は自然とおひらきになった。宴席には裸の国司がただひとり残されているばかり。最後の提灯の灯も静かに吹き消された。

上方のとある神社。

ある日、水辺から白蛇が現れ、たちまちそれは美しい巫女の姿に変身したという。

境内で笛を吹く巫女とそれに合わせて舞を舞う若き宮司、その仲睦まじい姿は、明るい陽光の中でも負けぬほどまぶしい白い光を放っていたと、古文書には記されてある。

〈執筆者一覧〉

**吉澤亮馬**（よしざわ・りょうま）

20歳の頃から本格的にショートショートを書き始め、江坂遊に師事。『ショートショートの宝箱』シリーズにて作品が掲載されている。

**海野久実**（うんの・くみ）

「チャチャヤング・ショートショート・マガジン」「ネオヌルの時代」「妖異百物語」「フェリシモ文学賞かわいい」「SFマガジン」「奇想天外」等にショートショートが掲載。〈ショートショートの宝箱〉シリーズに「ぼくにはかわいい妹がいた」「あの日の切符」「お話のなる木」。

**深田　亨**（ふかだ・とおる）

1972年「チャチャヤング　ショートショート・マガジン」に作品掲載。'82年、星新一ショートショート・コンテストで「びん」が優秀賞（別名義）。〈異形コレクション〉シリーズに「バディ・システム」「空襲」。〈ショートショートの宝箱〉シリーズに「海豹」「鏡」「托鉢」。

**小狐裕介**（こぎつね・ゆうすけ）
漫画制作・映画制作などを経て2010年頃からショートショートの執筆を開始。'17年に光文社文庫サイトYomeba!に「ふしぎな駄菓子屋」が掲載された。'19年には『3分で〝心が温まる〟ショートストーリー』を上梓し、本格デビュー。『名作転生　主役コンプレックス』『未来製作所』などにも作品が収録されている。

**ピーター・モリソン**
光文社文庫サイトYomeba!のショートショート公募第1回（テーマ「扉」）にて「うどんとおんな」が入選し、『ショートショートの宝箱Ⅱ』に収録されている。

**坂入慎一**（さかいり・しんいち）
光文社文庫サイトYomeba!のショートショート公募第6回（テーマ「図書館」）にて「司書になった日」が入選し『ショートショートの宝箱Ⅲ』に収録されている。

**滝沢朱音**（たきざわ・あかね）
２０１７年、第２回ショートショート大賞で「今すぐ寄付して。」が優秀賞受賞。光文社文庫サイトＹｏｍｅｂａ！のショートショート公募第５回、６回、８回で「カピバラといっしょ」「未完図書館」「コンストラクション・キー」が入選。

**山口波子**（やまぐち・なみこ）
光文社文庫サイトＹｏｍｅｂａ！ショートショート公募第８回（テーマ「鍵」）にて「ＬＯＳＴ」が入選。

**恵　誕**（けいたん）
コピーライター。デザイン会社、広告代理店を経て独立、現在はフリーランス。２０１７年、ショートショート大賞で「超舌食堂」が優秀賞受賞。光文社文庫サイトＹｏｍｅｂａ！のショートショート公募第６回〜第８回で「めぐる」「愛しい種」「ひみつのお団子」が連続入選。

**融木　昌**（とおるぎ・まさる）

光文社文庫サイトYomeba！のショートショート公募第10回（テーマ「地図」）にて「深夜の頼みごと」が入選。「小説現代」のショートショートコンテストでも、「過重労働」「虹色の飴」の2作品が優秀作に選定されている。

**夏川日和**（なつかわ・ひより）
奈良県生まれ。光文社文庫サイトYomeba！ショートショート公募第9回（テーマ「遺言」）にて「いってきます」が入選。

**井上 史**（いのうえ・ふみ）
兵庫県在住。「SF宝石2015」にショートショート「母」を発表（『ショートショートの宝箱Ⅲ』収録）。〈ショートショートの宝箱〉シリーズに「愛している」「廃線」。

**樽見 稀**（たるみ・まれ）
幼少期に狂ったように迷路を描き続け、自由帳一冊を長編自作迷路で埋め尽くしたのが災いし、人生にも迷う。東京工業大学大学院後期博士課程中退。旅とジャグリングの雑誌PONTEにて、別名義で非生産的コラムを連載。アキレス腱は柔らかい。

**我妻俊樹**（あがつま・としき）
歌人としても活躍。２００５年、第3回ビーケーワン怪談大賞で大賞受賞。『実話怪談覚書忌之刻』で単著デビュー。「奇々耳草紙」シリーズ、共著〈怪談四十九夜〉シリーズなど多数。〈ショートショートの宝箱〉シリーズに「魔物」「迷子花火」「口髭」。

**藤田ナツミ**（ふじた・なつみ）
光文社文庫サイトＹｏｍｅｂａ！ショートショート公募第9回（テーマ「遺言」）にて「海に漂うユィゴンよ」が入選。埼玉県出身。シナリオライター。

**倉阪鬼一郎**（くらさか・きいちろう）
ミステリ、ホラー、幻想、ユーモア、時代小説と多岐にわたる作品を精力的に発表。『田舎の事件』『鳩が来る家』『魔界への入口 クトゥルー短編集』『鉄道探偵団 まぼろしの踊り子号』、〈南蛮おたね夢料理〉シリーズなど。『ショートショートの宝箱Ⅲ』に「ある帰郷」収録。

**北野勇作**（きたの・ゆうさく）
1992年『昔、火星のあった場所』で日本ファンタジーノベル大賞優秀賞を受賞しデビュー。2001年『かめくん』で日本SF大賞を受賞。著書に『カメリ』『100文字SF』など多数。〈ショートショートの宝箱〉シリーズに「白昼」「ないしょ」「小熊」。

**黒　史郎**（くろ・しろう）
2007年『夜は一緒に散歩しよ』で第1回『幽』怪談文学賞長編部門大賞を受賞、同作でデビュー。『人間椅子　乱歩奇譚』『貞子 VS 伽椰子』『ムー民俗奇譚　妖怪補遺々々』など多数。〈ショートショートの宝箱〉シリーズに「いたい」「私の家にはソトがいる」。

**成宮ゆかり**（なるみや・ゆかり）
大阪府出身。神戸市在住。歯科医師。『ショートショートの宝箱』、『5分ごとにひらく恐怖のとびら百物語2』（文溪堂）に作品掲載。高井信に師事。

**行方　行**（なめかた・ぎょう）
熊本県水俣市生まれ。東北、北海道と移り住み、いまは東京在住。2016年、第1回ショートショート大賞にて「紙魚の沼」が優秀賞を受賞。『ショートショートの宝箱Ⅰ、Ⅱ、Ⅲ』にそれぞれ「さびしいめがね」「水跡くらし」「宿題阿呆」が収録されている。

**青山　梓**（あおやま・あずさ）
光文社文庫サイトYomeba!ショートショート公募第10回（テーマ「地図」）にて「地図に残せる仕事」が入選。

**小竹田　夏**（しのだ・なつ）
二人による共同ペンネーム。「Q．E．D．の後で」で第5回星新一賞優秀賞、「翔けろ！モンステラ」で川端康成青春文学賞優秀賞を受賞。四文で起承転結の超短編「四文転結」を発案。Twitterなどで不定期に四文転結イベントを開催している。

**朱雀門　出**（すざくもん・いづる）

2009年「今昔奇怪録」で日本ホラー小説大賞短編賞受賞、同タイトル短編集でデビュー。『首ざぶとん』、〈脳釘怪談〉シリーズ、共著『京都怪談　神隠し』など。〈異形コレクション〉シリーズに「地蔵憑き」「望ちゃんの写らぬかげ」。

**里田遊利**（さとだ・ゆうり）
光文社文庫サイトYomeba!ショートショート公募第9回（テーマ「遺言」）にて「情報汚染」が入選。東京都在住。

**橋本喬木**（はしもと・たかき）
2012年、樹立社ショートショートコンテストにて「異常事態発生」が優秀賞受賞。'18年より、某進学サイトにコラムを連載中。『ショートショートの宝箱』に「待ち人来たる」、『宝箱II』に「魔法の黄色い自転車」が収録されている。著書に〈The 三題話　落語のごらく〉シリーズがある。

**藤本　直**（ふじもと・すなお）

1997年生まれ。慶應義塾大学推理小説同好会出身。光文社文庫サイトYomeba!ショートショート公募第2回（テーマ「秘密」）にて「入れ子の噺家」が入選し、『ショートショートの宝箱II』に収録されている。

**荒居　蘭**（あらい・らん）

樹立社ショートショートコンテストで「悪銭のゆくえ」が入賞。『ショートショートの宝箱』に「虫の居所」、『宝箱II』に「ストーン・オーシャン」が収録されている。小中学生を対象としたショートショート講座「だれでも小説家」（世田谷文学館）の講師をつとめるほか、マグコミにて漫画『大正折り紙少年』（原作）も手がける。

**黒木あるじ**（くろき・あるじ）

2009年「おまもり」で第7回ビーケーワン怪談大賞佳作。実話怪談『震』で単著デビュー。〈無惨百物語〉シリーズ、〈黒木魔奇録〉シリーズなど多数。小説『掃除屋　プロレス始末伝』など。〈ショートショートの宝箱〉シリーズに「機織桜」「こどく」。

**太田忠司**（おおた・ただし）
1981年、星新一ショートショート・コンテストで「帰郷」が優秀作受賞。'90年『僕の殺人』で長編デビュー。『ミステリなふたり』『レストア』『オルゴール修復師・雪永鋼の事件簿』『名古屋駅西　喫茶ユトリロ』など。『ショートショートの宝箱』に「キリエ」収録。

**江坂　遊**（えさか・ゆう）
星新一ショートショートコンテスト80で「花火」が最優秀作品に選ばれる。星新一から直接聞いたことをヒントに創作法を考案し「小さな物語創作講座」で展開。新作を書きながら後輩作家成長支援に尽力。著書に光文社文庫『花火』『無用の店』などがある。

〈初出一覧〉

| | |
|---|---|
| 火　猫 | Yomeba!「ショートショートの宝箱」 |
| 継　夢 | Yomeba!「ショートショートの宝箱」 |
| 脱　出 | Yomeba!「ショートショートの宝箱」 |
| 真珠の遺言 | Yomeba! ショートショート公募第九回入選 |
| まどかぐわ | Yomeba!「ショートショートの宝箱」 |
| 会いたい | Yomeba! ショートショート公募第九回入選 |
| 未完図書館 | Yomeba! ショートショート公募第六回入選 |
| LOST | Yomeba! ショートショート公募第八回入選 |
| 愛しい種 | Yomeba! ショートショート公募第七回入選 |
| 深夜の頼みごと | Yomeba! ショートショート公募第十回入選 |
| いってきます | Yomeba! ショートショート公募第九回入選 |
| インスピレーション | Yomeba!「ショートショートの宝箱」 |
| ウテンポヌスの地図 | Yomeba! ショートショート公募第十回入選 |
| だらだら坂 | 「小説宝石」2020年5月号「ちょっと怖イイ物語」 |
| 海を漂うユィゴンよ | Yomeba! ショートショート公募第九回入選 |
| 額縁の中の男 | Yomeba!「ショートショートの宝箱」 |
| 世界地図 | Yomeba!「ショートショートの宝箱」 |
| 夢見懇願 | 「小説宝石」2020年1月号「ちょっと怖イイ物語」 |
| ほらふき親父 | Yomeba!「ショートショートの宝箱」 |
| そこは極楽 | Yomeba!「ショートショートの宝箱」 |
| 地図に残せる仕事 | Yomeba! ショートショート公募第十回入選 |
| 霊鷲山で寿限無 | Yomeba!「ショートショートの宝箱」 |
| 生　霊 | Yomeba!「ショートショートの宝箱」 |
| 情報汚染 | Yomeba! ショートショート公募第九回入選 |
| 二代目 | Yomeba!「ショートショートの宝箱」 |
| 作家の木 | Yomeba! ショートショート公募十回入選 |
| 宝　船 | Yomeba!「ショートショートの宝箱」 |
| 長い夜の終わりとはじまり | Yomeba!「ショートショートの宝箱」 |
| 龍を宿す者 | SF Prologue Wave |
| 横　笛 | Yomeba!「ショートショートの宝箱」 |

光文社文庫

文庫オリジナル

ショートショートの宝箱Ⅳ

編　者　光文社文庫編集部

2020年5月20日　初版1刷発行

発行者　鈴木広和
印　刷　萩原印刷
製　本　ナショナル製本

発行所　株式会社　光文社
〒112-8011　東京都文京区音羽1-16-6
電話（03）5395-8149　編集部
8116　書籍販売部
8125　業務部



落丁本・乱丁本は業務部にご連絡くだされば、お取替えいたします。
ISBN978-4-334-79007-3　Printed in Japan



組版　萩原印刷

## 光文社文庫最新刊

|  |  |
| --- | --- |
| 三毛猫ホームズの復活祭 | 赤川次郎 |
| ドルチェ | 誉田(ほんだ)哲也 |
| 難事件カフェ2　焙煎推理 | 似鳥　鶏 |
| 女王刑事(デカ)　闇カジノロワイヤル | 沢里裕二 |
| SCIS　科学犯罪捜査班Ⅱ　天才科学者・最上友紀子の挑戦 | 中村　啓(ひらく) |
| ショートショートの宝箱Ⅳ | 光文社文庫編集部　編 |
| ミステリー作家は二度死ぬ | 小泉喜美子 |
| 殺意の隘路(あいろ)(上)・(下)　日本ベストミステリー選集 | 日本推理作家協会　編 |
| 豆しばジャックは名探偵　迷子のペット探します | 三萩せんや |